宮廷魔法師クビになったんで、田舎に帰って魔法科の先生になります

I was fired from a court wizard so I am going to become a rural magical teacher.

3

Rui Sekai
世界るい
illustration だぶ竜

I was fired from a court wizard so I am going to become a rural magical teacher.

☆ジェイド

『黒の影』と呼ばれた元宮廷魔法師。魔法局をクビになったが、故郷への道中で再会した幼馴染のミーナにスカウトされ、エルム学院の魔法科教師になった。

☆ミーナ

エルム学院の教師。ジェイドと同じパージ村出身でありジェイドとは幼馴染。幼い頃よりジェイドに恋心を抱いている。

レオ

三傑のアゼルに憧れ、騎士を目指す落ちこぼれ魔クラスの生徒。

ミコ

王都でドラゴンのキューエルを呼び出すことに成功した少女。

アマネ

転生人。原始の魔法使いヨドの魂が体内に存在している。

エレナ

フェイロの娘。エルム学院の騎士科に通う少女。

アゼル

ジェイドの同級生で伝説の三傑。王国騎士団の団長を務める。

エメリア

ジェイドの同級生で伝説の三傑。王立魔法研究所の所長。

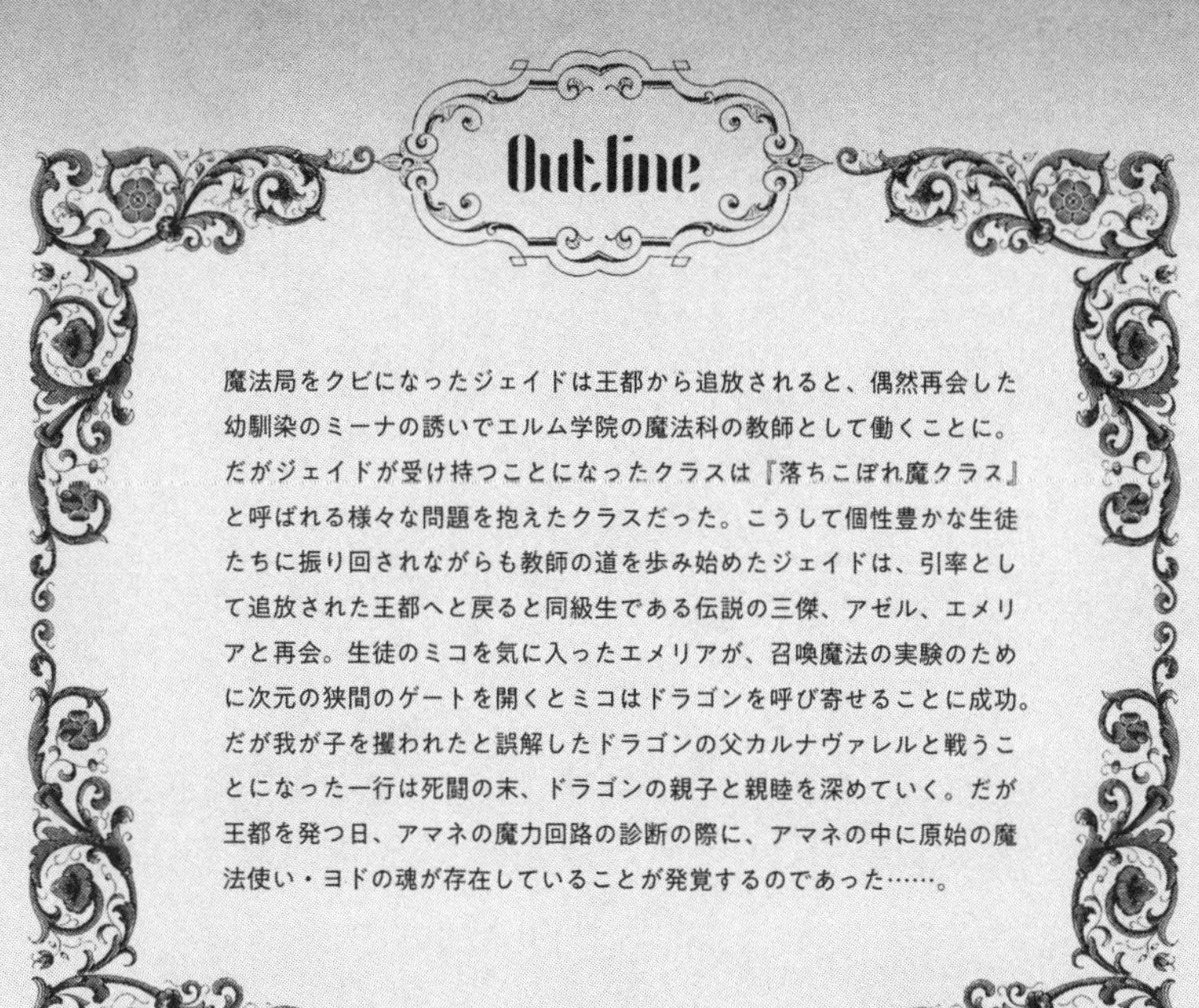

Outline

魔法局をクビになったジェイドは王都から追放されると、偶然再会した幼馴染のミーナの誘いでエルム学院の魔法科の教師として働くことに。だがジェイドが受け持つことになったクラスは『落ちこぼれ魔クラス』と呼ばれる様々な問題を抱えたクラスだった。こうして個性豊かな生徒たちに振り回されながらも教師の道を歩み始めたジェイドは、引率として追放された王都へと戻ると同級生である伝説の三傑、アゼル、エメリアと再会。生徒のミコを気に入ったエメリアが、召喚魔法の実験のために次元の狭間のゲートを開くとミコはドラゴンを呼び寄せることに成功。だが我が子を攫われたと誤解したドラゴンの父カルナヴァレルと戦うことになった一行は死闘の末、ドラゴンの親子と親睦を深めていく。だが王都を発つ日、アマネの魔力回路の診断の際に、アマネの中に原始の魔法使い・ヨドの魂が存在していることが発覚するのであった……。

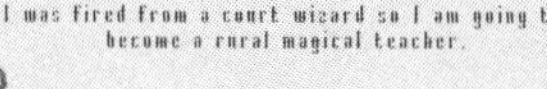

INDEX

I was fired from a court wizard so I am going to
become a rural magical teacher.

第一章

episode.01

ドラゴン一家、人間界へ

I was fired from a court wizard so I am going to become a rural magical teacher.

「すぴー、すぴー」

馬車の中にはいくつもの寝息が重なっている。幌の隙間から外を眺めれば、辺りは真っ暗だ。王都からの帰り道、エルムの街の灯りが近づいてくるのが分かる。長いようで長く、いや、本当に長くて濃い王都への旅が終わろうとしているわけだが——。

「ぐっすりだな……」

小さく呟き、僅かに笑う。馬車はガタゴト揺れて、寝やすい環境とはとても言い難い、にもかかわらず生徒たちやキューちゃんは起きる気配がない。あろうことかミーナまでもが、だ。

しかし、ミーナに関しては俺がヴァルとの戦闘で深く眠っている間、ほとんど寝ずに看病してくれていて、その疲れだろうとフェイロ先生に言われてしまえば、肩を枕にされるくらいは黙って受け入れるほかない。別にこれくらいは何てことはないのだが、ヴァルとフローネさんのドラゴン夫妻の無言のニヤニヤ攻撃がずっと続いていたのは些か居心地が悪かったとだけ言っておこう。

「さて、ミーナ先生？　そろそろ着くぞ？」

というわけで、エルムの市門をくぐった辺りでミーナを起こす。

「あ、ジェイド……。え、あ、ごめん？」

「ん。エルムに着いたぞ」

ミーナはまだ寝ぼけているようで、寝ぼけ眼で辺りをキョロキョロ見渡した後、感情の追いついていない声で謝ってくる。

「エルム……！　うわっ、私ってば監督者なのに……」

「まぁまぁ、監督すべき生徒たちもずっと寝てたから大丈夫だろ」

「いや、でもそれは結果論であって――」

「お客さん、着いたよ」

良いタイミングだ。ミーナの反省が長くなりそうな所で丁度馬車が止まり、御者から声が掛かった。

「さって、生徒たちを起こすかな」

俺はこれを好機と捉え、ミーナの話を流して生徒たちを起こすこととする。幸い、ミーナもそれ以上は何も言ってこず、生徒たちを起こしてくれるのを手伝ってくれた。

何時間も寝ていたせいか、生徒たちは寝足りないということはないようで、すぐに起きて自分の足で馬車を降りていく。そして俺は全員が降り終わったのを確認すると、咳払いを一つし――。

「コホン。あー、みんな、家に帰るまでが課外授業だからな？　くれぐれも気をつけて帰るように」

生徒たちに教師っぽいことを言ってみた。普段ならこういう時、文句や悪態の一つもつきそうなレオだが、呆れた顔で聞き流しているだけだ。どうやら文句を言うより早く帰りたいのであろう。そう言えば俺だって身体の節々が痛い。長時間硬い椅子に座っていたからだろう。早く帰りたい。

「よし。じゃあまた明日。解散っ」

なのでこれ以上は何も言わず、早々に解散を宣言する。待ってましたとばかりに皆は別れの挨拶を口にするとひとまとまりで帰っていった。と、言うのもヴァルとフローネさんはフェイロ先生の家に住むとのことだし、キューちゃんはミコの家に住むことになっている。自分の愛娘を預けるのに挨拶の一つもしないわけにはいかないだろうからフェイロ先生とヴァルたちがミコを送りながら帰るというわけだ。

　というわけで今ここに残っているのは――。

「よし、アマネは先生が送っていこう。えーと、ミーナ先生は……？」

「……私だけ一人で先に帰るわけにも行かないのでご一緒します」

「そか。じゃあアマネ行こうか」

「……ん。ありがとう」

　アマネとミーナ、俺の三人で本当に久しぶりに感じるエルムの街を歩く。帰ってきたんだなぁと思ってしまうのだから早くもエルムを自分の居場所だと思っているということだろう。

「んじゃ、アマネ。また明日な？」

「アマネちゃん、また明日。ゆっくり休んでね」

「ん、センセイたちありがとう。また明日」

　言葉少なに歩いているとすぐにアマネが暮らす孤児院に辿り着いた。そこでアマネが中に入るのを見送ると、俺たちは踵を返す。ミーナとは部屋が隣なのだから自然と並んで歩いて帰ることになる。

「ジェイド、お疲れ様」

「ん、あぁ、ミーナこそお疲れ様。ん？　どうした？」

「ん、いや、なんか王都に行ってた時間が現実味がなくて……。今になって本当だったのかな、なんて……。バカみたいだよね」

　気の抜けた表情のミーナに不思議そうに尋ねると、その答えは自嘲気味に返ってきた。いや、まさしく俺も同じことを感じていたのだから一笑に付すことはできない。と、思いながらもむしろ可笑しくなって笑ってしまったのだが。

「いや、確かにバカみたいって言ったのは私だけど、何もそこまで笑わなくたって……」

「あぁ、いやすまん。俺も同じような感じだったからさ。でも現実だからなぁ。明日からまた気合入れないとなぁ。教師って思ってたよりずっと大変だよな」

「……いや、まぁこのクラスが特別な事情を持った子が多すぎるとは思うんだけどね……。普通はもうちょっと普通だよ？」

「え、マジか？　むしろ人数増える分、他のクラスの方が大変だと思っていたんだが……」

俺が立ち止まって驚いていると、ミーナも一歩先で止まって振り返る。なんとも言えない表情のミーナと見つめ合うこと数秒。

「……お腹空いたね。なんか食べてこっか」

「ん？　あぁ、そうだな。それがいい。王都では散々迷惑かけたからな、俺が奢ろう」

「あれー？　アリシアさんのところで全部使っちゃったんじゃなかった？」

「……ぐ。そ、そう言えば……。あー、一度家寄ってもいいか？」

「はいはい。王都で頑張ったジェイドに私が奢ってあげるからいこ」

「お、おい。押すな。……ぐ、面目ない」

ミーナは何を言うわけでもなく、背中で小さく笑ったような気がした。こうして、俺とミーナはこの後、二人きりでお洒落な――。

「へい、らっしゃい。お、ミーナ先生！　て、なんでぇあんちゃんも一緒かい」

「大将、こんばんは。空いてますか？」

「……一緒で悪かったな」

——お洒落な店とはとても言えないラーメン屋に入ったのであった。ちなみに疲れた体に塩っ気はよく効いて、めちゃめちゃ美味かった。だが——。

「かぁ、ミーナ先生に払わすたぁ、ほんと甲斐性がないねぇ、あんちゃん」

「……余計なお世話だ」

支払いの時に大将からは嫌味を言われ、更にはコソッと近づいてきた注文取りの女の子からは小声で、お金大変ならウチでバイトします？　と同情されたため、後味は少しだけほろ苦かった。肩を落として歩く帰り道で何故かミーナはしたり顔だったが、果たして何を思っていたのやら。

☆

さて、朝だ。今日からまた学院で教師としての日常が帰ってくる——とはいかない。

「おはよう」

「おはようございますっ」

「おはよー！」

始業時間より大分早めに正門前で待ち合わせていたのはミコとアマネ、更にキューちゃんにヴァルにフローネさんだ。まぁ、何事かと言えば王都での出来事の報告と今後の相談を学長にしにいくために集まったというわけである。

「あ、そう言えばミコ？　親御さんはキューーちゃんの居候に対してどういう反応だったんだ？」

「フフ、それが面白くて――」

「ん？」

ミコは笑いながら昨日帰った後のことを語り始めようとしたのだが、俺は少し身構えていた。大体『面白くて』から始まる話は長くなり、オチがないことが多いことを知ってるからだ。しかし、教師として生徒を傷つけないためにも笑うべきタイミングで笑ってやらねばなるまい。

「せんせー、聞いてます？」

「え、あ、もちろんだ。だが念のため、最初から頼む」

「もう、ちゃんと聞いてて下さいねっ？」

「お、おう」

☆

昨夜――。

「ミコの家はとおいのー？」

「んーと、ここからだと歩いて三十分くらいかな」

「ふーん。歩くの疲れたから飛んでいい？」

「え!?」

エルムに着いてキューちゃんと手を繋ぎながら歩いて三十分くらい経った。ここから後三十分だから家までは丁度残り半分くらい。でもさっきから引く手はちょっとずつ重くなってきたし、キューちゃんはドラゴンさんだから疲れ知らずかと思ったんだけど、人の身体には慣れていないのかな？遂に足が止まってしまった。飛びたいってことは元の姿に戻るってことだよね。正体があまり広がるのは良くないって陛下も言ってたし、困った。こういう時は、うん、フェイロ先生に聞こう。

「飛びたい、ですか。う〜ん。いくら夜とは言え、人目もまだありますし、元の姿に戻るのはいただけませんね……。誰かに抱っこしてもらうのはどうでしょうか」

「わっ、ミコもそれがいいと思いますっ！」

そうだよ。飛ばなくたって歩かなくたって、抱っこしてもらえばいいんだよ。だってキューちゃんはまだ子供だもん。あ、なら契約者はミコだし……。

「キューちゃん、ミコが抱っこしよっか？」

「えー、ミコだいじょうぶー？」

「へへ、ミコこう見えても力持ちだし、キューちゃんよりお姉さんだから平気だよっ」

「うん、じゃあ」

繋いでいた手を離すと、キューちゃんが目の前に回り込んでくる。

「えー、と……」

そしていざ目の前にするとどうやって抱っこしようか困ってしまった。お姫様だっこ？

「キューちゃん、ミコの首に手を回して？」

「？　こう？」

「うぎゅ。ぐるぢぃ。ケホッ、ケホッ。キューちゃん違うよっ。それは首を絞めるだよね？　えーっと、こうやって首の後ろに手を回すの」

首を絞めてきたキューちゃんの両手を慌てて外し、どうやって持つかを教えてあげる。

「そか。ごめん。はい」

キューちゃんに悪気がないのは分かってるので別に怒ることじゃない。ちゃんとした持ち方もできたことだし。

「そうそう。じゃあ抱っこするね？　よいっ、しょ！」

「わっ、浮いた。ミコすごい！」

「えへ、えへへ、ミコお姉さんだからねっ！」

抱えあげる。え、待って。想像していたより重い。う、腕が震えちゃうっ。

「じゃあ、このままミコの家までごー！」

けどキューちゃんは嬉しそうだ。なら契約者としてミコが頑張らないとっ！

「う、うんっ」

ジャリ。一歩進んだ。ジャリ。もう一歩進んだ。簡単だ。キューちゃんを抱えたまま、右足と左足を交互に出すだけでいい。それを三十分繰り返すだけで家だ。

「おい、おっせーけど大丈夫か？」

「え、な、何が？」

「いや、お前全然進んでねぇけど」

レオ君が振り返って何か喋ってくるけど、よく聞き取れない。なんだって？

「よくアンタこの場面でそういうこと言えるわね。だからアンタってモテないのよ」

「はぁ？　今モテるとかモテないとか……、ん？　俺がキューちゃんを持てるかどうかってことか？

は？　舐めんなよ。おい、ミコ代われ」

「ハァ……。ホントバカチビ。はい、どいて」

「ってぇ、押すなよ！　ブス！」

「…………」

ギロッ。

「…………ッチ。この場は譲ってやる」

なんだか前が賑やかだ。またレオ君とエレナちゃんが喧嘩してるみたい。フフ、仲良しでいいな。

でも、相変わらず何を言ってるかはよく聞こえない。今はとにかく一歩でも前へ、足を止めずに前へ。

ジャリ……。ジャリ……。うん、進んでる。ミコは今、確かにキューちゃんを抱っこできてる。

「ミコ？　もういい？　はい、一回キューちゃん下ろして」

「え？」

急に腕が、身体が軽くなった。あれ、目の前が白く――。

「はい、ミコ深呼吸しなさい。吸ってー、吐いてー、吸ってー」

「……ぷはっ！　え、なんで⁉」

なんだかさっきまでのことが夢の中の出来事だったような。

「ミコ、あなたキューちゃん抱っこしてる時息してた？」

「え？　……ぇえと、分かんないけど、もしかして？」

「うん。顔真っ赤で息こらえたまま歩いてたわよ」

「アハハ……。てへっ」

どうやらやってしまったようだ。集中すると呼吸を忘れることってよくあるよね。うんうん。なんか息苦しいと思ったんだよ？　ほんと。

「というわけでキューちゃん、私がおんぶしてあげようか？」

「んー……。んー……。まぁいいよ」

「……そ。ありがと」

折角のエレナちゃんの申し出にすごい渋々な返事をキューちゃんがしたら、エレナちゃんはちょっと不機嫌になっちゃった。で、エレナちゃんがスッとしゃがんだらしゃがんだで――。

「もういいか？　ほら、エルこい」

「わっ」

パパさんがキューちゃんの服をむんずと掴んで、自分の肩に座らせちゃった。エレナちゃんはしゃがんだままプルプルと震えた後、スッと立ち上がって、

「いてっ！　ハァ!?　てめぇブスなんでいきなり蹴ってんだよ!!」

「うるさい、バカ、チビ、黙って歩きなさい」

「ハァ!?　マジで意味分からん……」

レオ君にローキックしてからスタスタと早足で歩いていってしまう。うちの場所知ってるのかなぁ？

「ミコっ、どっち！」

「え、わっ、えと左っ！」

「あなたの家でしょ！　先頭歩きなさいよっ！」

「わっ、そうだねっ、エレナちゃんごめんっ！」

それからエレナちゃんと並んで歩きながら家を目指したけど、ちょっぴり怖かった。

「……ミコ。八つ当たりしちゃってごめんなさい」

「えっ、全然いいよっ。気にしないで？」

「フフ、ありがと」

でも、ちょっと歩いてたらエレナちゃんから謝ってくれて、それからは王都での面白かったことを話して、そしたらあっという間に家についちゃった。

「じゃじゃーん。これがミコの家です！　お父さーん、お母さーん、ただいまー！」

何を隠そうこれがミコのお家なわけですが、みんな初めてだからか、ちょっと驚いてる。いや、うん、まぁ普通のお家とはちょっと違うからちょっぴり恥ずかしい。

「おかえり〜、ミコ。おや？」

「ミィちゃん、おかえりなさ〜い。心配してたの――あらあら」

「えへへ、ミコは元気だよ。で、今日は相談があるから、みんなにも上がってもらっていい？」

「もちろんだとも。ささ、狭い家ですが、どうぞ」

「あらあら、お茶菓子はあったかしら、あ、でも、もうこんな時間。お夕飯お出ししないといけないわね」

お父さんとお母さんはみんなのおもてなしの準備に行ったみたい。ひとまず、落ち着ける場所に案内しないと。玄関で靴を脱いで、みんなの分のスリッパを急いで出した後――。

「はーい。みんな、こっちー」

リビングへ案内するんだけど、後ろから聞こえてきたレオ君の声が気になって、振り向いてしまう。

「狭い家、ねぇ……。師匠の家も広いけど、ここもメチャメチャ広いし……。てか、この動物園行ったことあるけど、その裏の豪邸はミコんちだったのかよ」

別に恥ずかしいところは何もないんだけど、なんとなく友達を初めて家に上げる時は緊張するよね。

あとやっぱり動物園の話になるよね……。

「え、あー、と、うん。その動物園もうちだけどね……えへへ」

「はぁ？　え、あの動物園ミコんちでやってんのか？」

これはあまり友達にも言ってないことだ。なんでかって……？

「うん。お父さんもお母さんもミコも動物が好きで、色んなところから色んな動物を貰ったり、拾ったりして飼ってる内にお金なくなっちゃって……。どうせならみんなに可愛がってもらいながら、この子たちの世話代を稼ごうってお父さんが言って……。その、ね？　そんな勝手な理由で始めた動物園だから、あんまり言うの恥ずかしくて」

お金のために動物園にしちゃったのが、後ろめたかったから。

「そんなことないわよ。この動物園、すっごく評判いいもの。動物たちが生き生きしてるし、飼育員さんも優しい人ばかりだって」

でもエレナちゃんはフォローしてくれた。その分ミコたちは精一杯お世話をしようって思ってるけど、それがみんなの目にもそう映ってくれてるならすごく嬉しい。

「えへへ、そう言ってもらえるとすごく嬉しいんだっ。はい、ここがリビング。みんな好きなとこに座って」

リビングのテーブルの端っこの方へフェイロ先生とエレナちゃん、あと、なんだかんだ言いながらその隣にレオ君が座った。

ギシッ。

「……ふんっ」

「パパさん、椅子小っちゃくてごめんなさいっ」

レオ君が座ると椅子が大きく見えたけど、その隣にパパさんが座るとすごく小さく見える。

「フフ、ミコちゃんいいのよ。失礼しますね」

ママさんが座って、向こう側の席が埋まった。

「キューちゃんはここね」

「はーい」

　で、キューちゃんはママさんの前、ミコはその隣、あとはお父さんとお母さんの席、それに――。

「あ、お兄ちゃん」

「や、ミコ。おかえり。それに初めましてのお客さんばかりだね。皆さん初めまして、ミコの兄のジャンです。いつも妹がお世話になってます」

　お兄ちゃんが現れて、挨拶をした後、ミコの隣に座った。それからみんなで簡単に自己紹介をして、本題だ。

「お父さん、お母さん。ミコが王都に行って召喚魔法が成功したらうちで引き取っていいって言ったよね？」

「ん？　あぁ、もちろんだとも。なんだ、ミコ成功したのか？」

「まぁまぁ、すごいっ、ミィちゃんは勉強熱心さんですもんね～。良かったわ」

「え、う、うん」

　うちの両親はミコに対して大袈裟だからみんなの前だと少しだけ恥ずかしい。でも普通の動物とは違うけど大丈夫かなぁ。

「それでミコ。それはどんな生き物なんだい？」

　その反面、お兄ちゃんはいつも落ち着いている。でも新しい動物を飼う時はいつも目がキラキラと輝いてるし、実際に動物がすごく好きなのは一緒だ。

「う、うん。前話してた――」

なんてお兄ちゃんに話してたら横からお父さんが――。

「何ぃ、ドラゴンかぁ⁉　ほ、本当にあんな超生物がいたのか⁉　大きさはどうだ⁉　牙は爪は⁉　飛ぶのか⁉　人語を理解できるのか⁉　というかよく無事だったな⁉」

「お、お父さん。ツバが飛ぶからやめてっ！　落ち着いてっ！」

前のめりで大声を出すから、その肩をグッと押しこんで、椅子に座らせる。友達の前でもう、ほんとやだ。

「アハハ、まぁミコも召喚魔法のことを話したり、未知の生物の話をする時は父さんと似たような感じになるけどもね。それはさておき、ドラゴンかぁ。流石に飼い方が分からないけど、大丈夫かなぁ。でもお客さんに見てもらえたらきっと話題になるね」

「ほぅ……。ドラゴンを見世物、ねぇ……」

「わっ、お兄ちゃん！　えと、パパさん違うの――」

キューちゃんやパパさんたちがドラゴンであることを言わないとっ！　お兄ちゃんが変なこと言い始めるからパパさんがニタリと笑って怖い！

「見世物……。いいですね、ドラゴンは知性が高いとのことですから。ミコ、どうなんだ？　そのドラゴンとやらは芸を仕込めばできそうかい？」

「いや、だから――」

お兄ちゃんはあろうことか芸を仕込むなんて言い始めた。どうフォローしていいか分からず混乱する。

「ほぅ……。芸、ね。我らに芸を仕込み、人間の前でそれをやれ、と……ククク」

「え？　いや、えと確かカルナヴァレルさんでしたっけ？　あなたではなく、ドラゴンの話ですよ」

あわわわわ。パパさんが怒ったら世界が危ないっ。

「だーかーらー聞いてっ！　ここにいるパパさんとママさんとキューちゃんがドラゴンなのっ!!　お兄ちゃん変なこと言わないでっ！」

「「「はい？」」」

父さん、母さん、お兄ちゃんはポカンとしてしまう。それはそうだろう。アマネちゃんがうちでドラゴンの話をした時はでっかくて、凶暴で翼が生えてて、爬虫類みたいって言ってたのが、今目の前にいるのは人そのものだから。

「良く聞いてっ。ドラゴンは魔法がすっごく上手で、人の姿にもなれるのっ。で、ミコはキューちゃんと契約したからキューちゃんと家族になったの！　だからキューちゃんを一緒に住まわすの！」

「「「……あ、はい」」」

ミコがそう捲し立てると呆然としたまま、お父さん、お母さん、お兄ちゃんが頷いた。

「ククク、なんだ我は芸を仕込まれて、見世物になるかとヒヤヒヤしたぞ？」

「もう、アナタ？　ミコちゃんをいじめないであげて下さい？」

「エルは芸覚えてもいいよー？」

良かった。パパさんは本気で怒ってるわけじゃないみたい。もう、こんなんでエルムの街が壊されたらミコたちみんな処刑されちゃうよ、まったく。

「アハハ、そうでしたか。これは失礼しました。流石別世界の超生物ですね……」

お父さんはそう言うと、苦笑いを浮かべながらお兄ちゃんの方をチラリと見る。お兄ちゃんもそれにコクリと頷いて——。

「大変失礼しました。芸を仕込んで見世物にするなんて言ってしまって……。こんな可愛らしい子を見世物になんか当然しません。……けど。……けど」

「？　どうしたのお父さん、お兄ちゃん？」

なんだか歯切れが悪くて、言いたいことを我慢しているような？　まさかキューちゃんたちがドラゴンだってことを疑ってる？

「もしかしてミコの言ってること疑って——」

「『違う違う！』」

二人はすぐに否定した。ミコのことを信じてるって必死に訴えてるんだからそこは本当だと思う。

じゃあ、一体……。

「ハァ……。ミィちゃん、お父さんとお兄ちゃんはね、ドラゴンの姿を見たいのよ」

「え？」

お母さんにそう言われて、二人を見る。二人は視線を泳がせながらもコクコクと必死に頷いている。

「クク、そうか。では我が今すぐ見せてやっても——」

「わーーーーっ、パパさんやめて！　家が壊れちゃう！　キューちゃんお願いっ」

「ん？　エル？　元の姿に戻っていいの？」

「うん。勝手なこと言ってごめんね？　ちょっとでいいからお父さんとお兄ちゃんに見せてあげて？」

「ん、わかったー」

キューちゃんはそう言うと、一瞬ぴかーっと光って、真っ白な鱗と翼を持ったドラゴンの姿に戻る。

「キュー」

「「おぉぉぉ～～～!!」」

キューちゃんが翼をパタパタとはためかして浮かんでいる姿を見て、お父さんとお兄ちゃんはうるさいくらいに拍手をして大はしゃぎだ。恥ずかしすぎる……。

「ミ、ミコ。パパちょっとだけ触ってもいいかなっ」

「ぼ、僕もお願いだ！」

「ダーメ。パパさんに怒られるよ？　ちなみにパパさんすトーーっごく強いから怒らせたら世界が終わるかもって陛下に言われてるから、変なことしないで」

「「へ、陛下？」」

二人は顔を見合わせてパチクリと瞬きをする。ま、それはそうだよね。ミコたち王都に行く機会もないし、陛下なんか名前を知ってるだけで遠い人だもんね。

「キューーちゃん、二人に変なことされる前に人の姿に戻ってくれる？」

「キュ」

ぴかー、と光ると、すっかり変身も慣れたキューちゃんはさっきまで着ていた服まで元通りだ。

「ありがとっ。というわけで、キューちゃんは今日からうちの子ですっ！」

「「あ、はい」」

「フフ、ミィちゃんもすっかりお姉さんね？　それでキューちゃんのお父様とお母様もご一緒にということでいいのかしら？」

「あ、いえ私と主人はフェイロさんのところでお世話になりますので。うちのエルがご迷惑おかけすると思いますがよろしくお願いします。ほら、アナタも」

「フンッ。まぁ、その、なんだ、頼んだぞ」

わっ。なんだかパパさんがいつもよりご機嫌？

「フフ、ミコちゃん。ミコちゃんもそうだけど、この家の人たちはね、みんな動物に好かれている匂いがするのよ。ドラゴンはね、鼻も利くの」

「え、そうなんですか？」

「フンッ。フローネ。余計なことは言うな」

「フフ、はいはい、すみませんでした」

そんな会話を聞いていたお父さんたちは――。

「いやぁ、そう言って頂けると光栄ですね。動物たちへの愛情だけが自慢ですから」

「父さん？　一応家族の前だから動物だけじゃなく家族へもよろしくね？」

ほんとだよ。お父さんたら夢中になると周りが見えないんだから……。

「さて、じゃあ親睦会も兼ねて、ご飯にしましょうか。時間も遅いから手早く用意できるものしかなくてごめんなさいね？　ミィちゃん、運ぶの手伝って？」

「はーい。キューちゃんもお手伝いいいこ？」

「ん！　エルも手伝うー！」

☆

「こうして、無事キューちゃんはミコのおうちの子になったわけです！」

「なるほど……。ありがとうな？　でもミコ。思った三倍くらい長いのは置いておくとして、その、オチはどこへいった？」

「え？　オチ？　ありませんよ？」

予想通りだった。いや、予想以上だった。この話を聞かされた人たちの気持ちを察すると胸が痛ぃ。

「まぁ、けど無事キューちゃんを受け入れてもらえたのは良いことだ。じゃあ学長室に行こうか」

どうかこの話を聞かされるのは俺が最後であってほしいものだ。

「はいっ」

嫌味のない笑顔で頷かれてしまえば、これはこれで良いかと思えてしまう。人徳というものが成せる業であろう。少しだけ羨ましいとさえ思ってしまった。

コンコン。

「学長、ジェイドです」

「入りたまえ」

「失礼します」

学長室にヴァル一家三人と、ミコとアマネを引き連れて入室する。

「……ふむ。まずは皆が無事で帰ってこられたことを喜ぼう。ジェイド先生、引率ご苦労だった」

「はい、ありがとうございます」

ベント伯はにこやかな雰囲気だが、ヴァルの剣呑な雰囲気は無視できるものではないのだろう。敵意まではいかないまでも警戒心を僅かに感じさせる。

「さて、ジェイド先生の報告を聞く前に初めましての方がいるからね。自己紹介をさせてもらおう。ベント＝エルムテンドだ。この地方一帯の領主であり、この学院の学長でもある。以後、お見知りおきを。……それで、名前を伺ってもよろしいかな？」

椅子から立ち上がり、名乗りながら軽く会釈をしたベント伯。その視線の先は変わらずヴァルだ。

「フンッ。カルナヴァレルだ」

ベント伯も大柄な方ではあるが、人としても規格外の大きさであるヴァルは上から睨みつけるように威圧し、名乗りを返した。

「もう、アナタ？　今は入学の面接でもあるんですよ？　あ、失礼いたしました。この者の妻で、キューエルの母であるフローネと申します。よろしくお願い致します。はい、次はエルの番よ？

ちゃんと言えるかしら？」

「うん！　エルはキューエルです。パパとママの子どもです！　よろしくお願いします！」

ヴァル一家はこうして見れば少し昔気質な父親と良妻賢母、純真無垢な子どもという人間の家族にしか見えない。だが、その正体は——。

「ご紹介感謝する。カルナヴァレル氏に、フローネ氏、そしてキューエル君だね。我が学院へようこそ。さて、ブリード君の報告によると、どうやらお三方は別の世界から来た、人とは異なる種族と伺っているのですが？」

そう、ドラゴンだ。その戦闘力は人が並び立てるものではない。王都では運良く助かったが、二度目はないだろう。それを知って尚、ヴァルに対して真っ向から視線をぶつけられるベント伯の胆力は流石とも言える。

「あぁ、そうだ。我らはドラゴンや竜と呼ばれる種族だな。今は人の姿に化けているというわけだ。だが、一度元の姿に戻り、その気になれば……」

ヴァルの眼光は鋭さを増し、口角は獰猛に吊り上がる。頼むから全方位に喧嘩を売るクセはやめてくれ。

「ねぇー、ママー、エル女の子だから『君』じゃなくて『ちゃん』だよー？」

「いいの、エル。えらーい人は女の子にもちゃんじゃなくて、君って呼ぶことがあるの」

「えー、ミコほんとー？」

「うん、本当だよ。ミコも学長先生からは君で呼ばれる……と思う」

「そっかー。ならいっかー」

ベント伯と睨み合うヴァルの横では緊張感の欠片もない会話が繰り広げられていた。別に今は緊張感が欲しい場面ではないのだから正直助かる。いいぞ、キューちゃんもっとやれ。

「フフ、さてあまり前置きが長くて時間を取らせるのも忍びない。実はブリード君を介して陛下から書状を預かっている。そこに書かれていた内容は要約すればこうだ。カルナヴァレル氏一行は国として友好関係を結んだ最重要人物たちだ。くれぐれも失礼のないように、と。そしてキューエル君がミコ君と契約を結び、人間社会を学びたいという希望があるということも。我が学院はキューエル君を歓迎しよう」

緊張感を一気に緩めるベント伯。緊張感の均衡とも言えるものを上手く逃し、ヴァルの方が肩透かしを食らったような形だ。なんとも微妙な表情になっている。こういった場の空気感の操作に於いて俺はベント伯以上に上手い人を知らない。

「わっ、ほんとだ。ミコも君だー」

「ね、言ったでしょー？」

「うん。ミコ君だって、おかしー」

「わっ、ダメだよ。学長先生は偉い人だからおかしいとか言っちゃ」

こちらは最初から最後まで一貫して空気を無視できているのだからある意味で大したものだ。

「あら、アナタ良かったわね。エルの入学が決まったみたいよ。ほら、エルっ、えぇ～っといつからでしょうか？」

「我々の方は今日からでも構いませんよ。ね、ジェイド先生？」

「はい、もちろんです」

ミコと別のクラスにするわけはないのだから俺が受け持つことになるのは当然の流れである。

「入学の手続きなどは急がなくても良いので、早速この学院を見て回って頂くといい。学院生活に必要なものは教室に用意してある。というわけでミコ君、この学院の案内を頼めるかな？」

「はいっ！　じゃあパパさん、ママさん、キューちゃんいこっ」

「うんっ」

「ありがとうございます。失礼いたします」

「……フンッ」

ミコとキューちゃんは手を繋ぎながら学長室を出ていった。それをフローネさんが追いかけ、最後にヴァルが後ろ手で扉をバタンと閉めていく。

僅かに沈黙が流れた後、ベント伯はこの場に残っている俺とアマネの方へ視線を向けてくる。

「……さて、アマネ君の報告はまだ聞いていないからね。聞こうか」

「……はい」

俺は事前に頭の中でまとめておいた王都の旅の最終日――陛下の屋敷でアマネに起こったことを説明していった。説明し終えた時のベント伯の表情は先程までの飄々とした風ではなく、非常に険しいものとなっていた。

「……なるほど。そうか原始の魔法使いヨドが、アマネ君の中に、ね。それを災難の一言で片付けるわけにはいかないだろう。アマネ君、我々は全力で協力しよう」

「ありがとうございます」

アマネがペコリと頭を下げる。確かに災難であるが、救う手立てがないわけではないだろう。今は取り返しのつく時だ。

「もちろん、その中に先生も含まれてるからな？」

「ん、ありがと」

なんとなく固い表情のアマネに軽い調子で声を掛ける。アマネは空気の読める子なので、こっちの意図を察したのだろう。少しだけ肩の力を抜いてくれたようだ。

「私の方でもヨドに関する情報を集めておこう。それと、今後のアマネ君への授業方針だが、ジェイド先生の言った通りにした方が良いだろう。進級試験も近いのに魔法の練習ができないのは酷だとは思うが、すまないね」

「いえ、お気遣いありがとうございます」

ヨドが覚醒し、アマネの人格と入れ替わってしまう可能性がある以上、魔法の訓練は行うべきではないということだ。一日でも早くこれを解決し、アマネも魔法を使えるようになってほしいものだ。

「さて、話は以上かな？　ではジェイド先生焦らず、今やるべきこと、自分の立場を忘れないで教壇に立ってくれたまえ」

「はい。承知しました。では失礼します」

「失礼します」

俺は最後にベント伯に軽く頭を下げ、退室する。ここで一旦アマネと別れ、俺は職員室で朝礼に参加だ。

朝礼ではベント伯からキューちゃんについての転入の件が説明されたが、キューちゃんはミコの親戚で田舎の村からやってきた天才魔法少女という設定にされたようだ。当然、そんな説明でこんな時期に努力クラスに転入などおかしいと皆がざわつくが、ベント伯の無言の圧力に一同は口を閉ざした。

そして朝礼が終われば、教室である。

「みんな、席についてるかー」

「先生!! ズルいですよ!!」

「そーだそーだ」

「はぇ？」

教室に入るなり、キースとケルヴィンから非難を受ける。一体なんだと言うんだ。

「はぇ？ じゃないですよ！ 僕たちに内緒で王都に遊びに行ってたみたいですねっ！」

「ずるいよねー。特定の生徒だけ贔屓するなんてずるいよねー」

「なんでそれを？」

「「んっ」」

確かに俺、ミーナ、アマネ、ミコ、レオと一緒に学院を休んでしまったのだから、何か疑われるのはしょうがない。だが、王都に行っていたという詳細まで知ってるのは些か不思議だ、と思ったら二人が指差す先には――。

「でねー、王都ではね、へーかがいてー」

キューちゃんだ。

「なるほど。あー、じゃあ転入生の紹介だ」

「「はぁ!?」」

ひとまずこの話はややこしくなること間違いなしなので、さらりと流しキューちゃんの紹介に移ってしまおう。二人からの非難はこの際、無視だ無視。

「先生」

「ん？　なんだヒューリッツ」

「きちんとした説明をお願いします」

「ぐっ」

……お、お前もかヒューリッツ。後ろではキースとケヴィンがいーぞ委員長と囃し立てている。一緒に王都に行ったミコとレオは気まずいのだろう。苦笑いしながら視線をどこぞかへ泳がせている。

ミーナ？　教室の後ろでピシリと直立し、目を閉じている。つまり私は関与しないということだ。

「はい」

どうしたものか困っている間にまさかの人物が手を上げた。サーシャだ。サーシャが自発的に発言するなんて初めてじゃないだろうか。

「はい、サーシャ君！」

俺はついつい窮地であることを忘れ、嬉々としてサーシャを指してしまった。

「学院をサボって王都観光するなんて、教師ってほんと無責任な仕事でいいですね」

「……………」

サーシャはそう告げるとスッと視線を窓の外へ戻した。ベント伯すみません。俺にはやっぱり教師なんて務まらないかもしれません。心が折れかける。

「せんせ、だいじょぶー？　お腹痛いの？」

「あ、いや、キューちゃん、大丈夫だ。ありがとう」

あまつさえ、キューちゃんに心配される始末。本格的に自己嫌悪のスパイラルへと突入して——。

「私が魔法を制御できないから、その原因を突き止めるために王立魔法研究所に行ったの。みんなごめんなさい」

「アマネ……」

アマネが深々と頭を下げてみんなに謝った。教室にはなんとも言えない空気が漂う。キースとケヴィンも真剣に頭を下げるアマネを見て、気まずそうだ。いや、これはいけない。俺が生徒たちを子供だと侮って、最初から隠そうとしたのが間違いだったんだ。アマネに謝らせるのは違う。

「いや、アマネは悪くない。皆、すまない。先生から事前にきちんと説明すべきだった」

「そ、そうですよ！　先生が嘘をつかないで、隠さないでいてくれたら僕たちだって！」

「うんうんー」

「そうだな。本当にすまない。きちんと説明しよう。嘘はなしだ」

俺は生徒たちに対してきちんと頭を下げた。

「言いましたね？　嘘はつかないんですね？　隠し事はしないんですね？　じゃあ聞きます。このミコさんにそっくりな子は一体誰なんですか？」

そ、そう来たかぁ……。キースからの質問に頬がひきつる。

キューちゃんの正体は国家レベルでの秘密だし、異世界からの来訪者だということが分かり、その珍しさから誘拐でもされたら世界が終わる。具体的にはヴァルによってやはり人間など信用できーん、と鏖殺される。それは避けねばなるまい。

と、なればギリギリの線で事実を言う他あるまい。

「あー、実はな、キューちゃんは遠い国から来たやんごとなき御方だ。その正体は国家機密となっている。先生も口止めされているからこれ以上は言えない。分かってくれ」

「エルはねー、ドラゴンなんだよー。めっちゃ強いんだよー？」

台無しだぁ。もう好きにしてくれ。あ、いや待て。ドラゴンなんて皆知らない――。

「え、ドラゴンってアマネさんの言ってたドラゴンですか⁉」

「へー。すごく大きくて、翼が生えてて、魔法も使えて、火も吹けるってやつー？　すごいねー」

「うん、そーだよー」

アマネぇ……。クラスメイトにドラゴンの知識しっかり広めてやがるじゃねぇか。

「てへっ」

アマネを睨むと可愛らしく舌を出して誤魔化された。まぁここでアマネを責めるのもまた違うだろうから、そのまま流す。

「先生、それは真実ですか？」

ヒューリッツが念を押して確認してくる。一つの情報を鵜呑みにせず、信じられる材料が出るまで疑問を持つことは大事だ。というわけでもう言い逃れはやめよう。

「……あー、お前らを信じてるからな？　本当だ。キューちゃんはこの世界の人間じゃない。別世界から来たドラゴンという種族で魔法で人の姿になっている。当然この世界で唯一無二の存在だ。その正体が広まれば誘拐される危険もある。キューちゃんをクラスメイトであり、仲間だと思うならどうかみんな正体は秘密にしてくれ」

俺は国家機密を生徒たちと共有してしまう。だが、キューちゃん自身が言ってしまったことだ。仕方のない流れだろう。

「あー、それとドラゴンだが、めちゃめちゃ強いからなー。キューちゃんのお父さんは冗談抜きで一人で世界を破壊できるレベルだ。だから約束は守ってくれ。あと、キューちゃん。キューちゃんも自分がドラゴンだってことは内緒にしておいてくれ。分かったか？」

「はーい」

本当に分かったのだろうか。些か不安が残るが、それを含めて俺たちが責任を持って預かると言ったのだ。万全の体制でフォローしていかねばなるまい。

「というわけで、転入生のキューエルさんだ。みんな仲良く頼むぞ」

「よろしくー！」

「はい、じゃあ今日の朝礼は終わり！　早速魔法の練習しに行くぞ。進級試験も近いからなー。ほら、みんな着替えて魔法訓練場に集合だ」

俺はそう言って教室を立ち去った。

（はぁ……、教師って本当に難しい……）

そんなことを心のなかで独りごちりながら。

☆

「それでレオ？　どうだったんです？　王都は楽しかったんですか？」

「……べっつに。でもまぁ、良いことはあったかな」

せんせーたちより先に魔法訓練場についたから無駄話をしていると、キースとケルヴィンがやたら王都での話を聞きたがってくる。本当はアゼル様と会ったことを自慢してやりたいけど、あんまり自慢話ばっかりされても嫌だろうから、適当に返す。

「何、その言い方～。あっ、分かった。憧れのアゼル様を生で見れたとか？」

「あぁ～、なるほど。それは良いことですね。で、どうなんですか？」

と思ったらまさか当てられた。なので、

「……まぁな」

「「おぉ～」」

肯定する。本当は生で見たどころか喋ったりもしたんだけど、それは言わないでもいいだろう。そんなことを喋ってる内にせんせーたちが来た。

「よーし、全員――ハァ……、サーシャ以外は揃ってるなぁ。じゃあ早速訓練を行うんだが、まずはキューちゃんの魔法の実力を見たいと思う」

「んー、魔法使えばいいのー？」

「あぁ。こっちの世界の魔法は知らないだろうから――」

「ん。知らないけど知ってるよ？」

いや、キューちゃんはこっちの世界に来てまだ何日も経ってないんだから、知るわけないだろと思ったら知ってるって答えた。

「あー、そうだったな。ドラゴンという種族は遺伝子の中に今までの知識が蓄積されているからあらゆる世界のあらゆる魔法を知っているんだっけな」

と思ったらせんせーが答えを口にした。

「……なんだよ、そのズル技」

それを聞いて思わずそんなことを言ってしまった。だって、こっちは一音節魔法すら唱えられないのに、生まれながらにどんな魔法でも使えるなんてズル以外の何物でもない。

「ま、だが知識と使いこなせるかは別だ。ましてキューちゃんは人の姿になったのも数日前が初めてだ。こっちの魔法を使うのも初めてだろう。失敗しても恥ずかしくないからな？　というわけで一音節魔法を使ってみて欲しいんだが、そもそもキューちゃんの得意属性はなんなんだ？」

「んー、パパとママが得意なのはじくーかんって言ってた」

「……時空間魔法は最低でも三音節以上だからなぁ。じゃあ適当に水でいっか。一音節魔法の『水滴（ウォラ）』を唱えてみてくれないか？」

「ん、ちょっと待ってねー」

せんせーがそう言うと、キューちゃんは本当にやるつもりらしく目を閉じて、むむむと唸っている。本当に遺伝子の中の知識から魔法陣を引っ張り出して、魔言をあてはめるつもりなのか？　俺がそんな風に疑問に思ってると、キューちゃんの目がカッと見開かれ――。

「あったー！　いっくよー！　ぐぬぬぬぬ――」

「あ……」

せんせーがやっちまったみたいな声出してるし、キューちゃんからは明らかにヤバい雰囲気を感じる。

「『水滴（ウォラ）』!!」

ざっぱぁーん。

「「「…………」」」

「えへへ～、成功したー！　エルすごいー？」

「……あぁ、すごいぞ。さて、みんなもう一度着替えてこようか」

「…………」

キューちゃんは悪気がないのが分かるから文句は言わないけど、呑気にそんなことを言うせんせーのことは目いっぱい睨んでおく。一瞬胸のあたりまで訓練場が水浸しになったのだから全員ずぶ濡れ

だ。こんなのズル技どころじゃない。ただの暴走だ。

「……おい、キース、ケルヴィン、着替え行こうぜ」

俺は頭を一度振った後、制服の上を脱いで絞る。ずぶ濡れでも楽しそうに笑うキューちゃんには結局何も言わず、そのまま歩き始めたのだが、キースとケルヴィンは動こうとしない。

「レオ、ほら」

キースがニヤニヤしながらそんなことを言って、せんせーの方を指さす。つられて視線を向ければ――。


「センセイ、見て」

「ん？　なんだアマネ、どこか怪我でも――」

「濡れて下着がスケスケ。やんっ、センセイのスケベ」

「せんせのスケベー！」

「ハァ……、バカやってないでアマネもキューちゃんも風邪引く前に着替えてきなさい」

「「はーい」」

ったく、アホらし。

「俺は先行くぞー」

女子の下着なんか見て何が楽しいのかね。俺にはまったく分からなかった。そういや、あのまな板ブスも着替え見られるとすげー怒ったな。ま、女子は胸の大きさ気にするって言うしな。

「うぅ、寒っ」

そんな時、丁度吹いた風はまるでエレナの代わりに文句を言ってるかのようだった。

予備の体操服に着替えて戻ってきたけど、女子たちはまだ戻ってきていないみたいだ。女子ってのはなんでこう着替えに時間が掛かるのやら。暫く待っているとようやく帰ってきて、せんせーが授業を再開する。

「さて、気を取り直して次はミコだな。召喚魔法は成功したんだ。次はミコが約束を守る番だぞ？」

「はいっ！　ミコも普通の魔法頑張りますっ」

「いや、頼むから頑張りすぎないでくれ……？　優しく弱めに使ってくれ」

アマネやキューちゃんの件があったからか本気でそう頼み込むせんせーを見て、少しだけ不憫に思えた。でも、ミコは勉強もできるし、髪も紫だし、変なトンガリ帽子にもすげーすげー言われてたからな。マジですごいのかもしれない。

「アハハ……、分かりました。では、順番に行きますねー。『そよ風（ウインド）』『灯火（ファイア）』『粘土（クレイム）』『水滴（ウオラ）』あとは『結界（アンテ）』に『筋力増強（ムスクル）』です」

は？

「おぉー、完璧じゃないかぁ……。これだよミコ。先生が求めていたのはこれだよっ！　すごいじゃないかっ！　実に教科書どおりのキレイな魔法陣だ！　ありがとう、ありがとう」

「え、せんせー、大袈裟ですっ」

チッ。どうせ俺たちは落ちこぼれで魔法使えなくて悪かったな。初めてこのクラスで普通に魔法を成功させたミコに対して大袈裟に喜ぶせんせーを見て、ついつい心の中で毒づいてしまう。

「いや、大事なことだぞミコ。基本ができていなければ魔法は絶対に上手くならないからな。基本ができていれば応用ができ、応用ができるようになると創作ができる。先生は新しい魔法を作る時が一番楽しい。特に難しければ難しい程な」

そう言ってせんせーは本当に楽しそうに笑った。……そりゃ、先生みたいに才能があって魔法を自由自在に使えたら楽しいだろうけどさ。こっちはちっとも魔法を発動させられないんだから創作もクソもない。

「じゃあミコには先生の作ったオリジナル一音節魔法でも教えよう。魔法陣の基礎が分かっていれば多分面白いぞ。この小さな魔法陣と一音節の魔言という制限の中、どれだけイジくれるかっていうな」

「わっ。面白そうです！　教えて下さいっ」

「フフン、いいだろう。例えば『そよ風(ウィンド)』を改造した『涼風(クーラー)』や『ぬる風(ドライ)』だ。暑い日に涼んだり、髪を乾かす時に便利だ！」

「えぇぇ!!　すごいっ!!　覚えたいですっ!!」

「ミコ、私暑さ苦手だから私の代わりに『涼風(クーラー)』を覚えて」

「任せてアマネちゃん！」

「エルもそれ知らないから覚えるー！」

「ハハ、えぇとキューちゃんはまずは魔法の制御方法の練習しような？　で、ミコには『涼風(クーラー)』だが、これは『そよ風（ウインド）』に特性付与をするんだ。見てろ？　『そよ風（ウインド）』の魔法陣は実はこの部分を削っても発動できる。だからそこを削って代わりに――」

「わっ。すごい。えー、せんせーじゃあここをこうやって描き換えたら――」

「ふむ。面白いな。作ってみるか。まずは設置魔法陣として――」

「ずーるーい、エルにも教えてー！」

　せんせーは随分と楽しそうにミコにオリジナル魔法を教え始めた。ガキみたいにはしゃいでて、なんつーかカッコわりぃ感じ。それにそんな暑い日に涼んだり、髪乾かすのに魔法なんて使う必要ないじゃねぇか。俺は強くなるための魔法を覚えられればいいんだ。

「もうっ、ジェイド先生ってば本当に魔法のことになるとはしゃぐんだから……。さて、じゃあレオ君たちは私と魔法の練習をしましょうか」

　創作魔法に夢中になっているせんせーを見て、ミーナ先生が小さくため息をついた後、俺たちの方へやってくる。

「……はーい」

　別にミーナ先生に不満があるわけじゃない。真面目にやってたら怒られることもないし、丁寧で優しいし。

「お、ミーナ先生ありがとう。さ、みんなミコに追いつけ追い越せで練習するんだぞー。じゃ、後でそっちも見に行くから」

（でも結局せんせーにとって、魔法のできない俺たちは二の次なんだな……）

そして今日一日の練習の結果、キースやケルヴィン、委員長までも魔力操作が上手くなったと褒められ、俺だけがまったく魔力操作をできずにいた。

(俺だけか……)

結局その日も最後まで俺の右手から魔法陣が生まれることはなかった。

「それでアンタそんなしょぼくれながら雑巾がけしてんの?」

「そうだよ。っせーな。お前は魔法の才能があって良かったな、バーカ」

そんなわけで魔法を使える兆しがないことにイライラしながら帰ってきて、無言で雑巾がけしていたら、エレナが不貞腐れてる理由を話すまで雑巾がけ禁止とかいう訳分からんことを言ってきて今に至る。ほんっとこいつイヤな性格してると思う。

「うっわー。分っかりやすい腐り方。私、その才能って言葉に逃げる奴って大っ嫌い。そりゃもちろん才能の差はあるだろうけど、そんなもの生まれた時に決まってるんだからしょうがないじゃない。それにアゼル様も言ってたでしょ。アンタ、パパに剣教えてもらって、先生に魔法教えてもらえて、異世界最強の生物と組み手するんでしょ? 死ぬほど恵まれてるんじゃない。それで腐るとかホント理解できない。なーにが、俺の憧れは師匠でーす、よ」

「グググググ」

ムカつく。それ以外の言葉が見つからない。だが、ここでいつものように喧嘩を売ってもボディーブローを食らって気絶するだけだ。そうなったら雑巾がけは終わらないし、剣の練習も魔法の練習もできなくなる。

「うるせー。ブース。邪魔だからどっか行け。俺はお前に構ってる暇なんかないんだよ。ほら、雑巾がけの邪魔だ。どけどけ」

なので、グッとこらえてエレナを無視して雑巾がけを再開する。悔しいけど、エレナの言うことは間違ってないと思う。魔法が使えないのを才能のせいにして逃げてるってことだって分かってる。でも、俺だけ全然魔力操作ができないのはみじめで本当に悔しい。

「ふーん、ま、いいけど。じゃね」

ちょっとだけ涙が出そうだったけど、下を向いてたからあいつには見られてないだろう。グッと襟の部分で目をこする。クソだせぇ。本当に自分がイヤになる。

ガラララ――。

「お、いたいた。おい小僧」

「え？　カルナヴァレルさん……」

雑巾がけをしていたらカルナヴァレルさんが不意に鍛錬場の入り口に現れた。かと思えば、

「フンッ。タダ飯を食らうわけにもいかないから少しだけ貴様のお守りをしてやることになった。感謝しろ」

「は？　え、ありがとうございます」

唐突にお守りをしてやるから感謝しろなんて言ってくる。逆らう勇気はないため、とりあえず言われた通り感謝の言葉を口にする。それにしてもお守り？　お守りってなんだ？

「おい、立ってみろ」

「あ、はい」

何事か始まったようだ。とりあえず俺は雑巾を置いて、言われた通りまっすぐ立つ。

「ふむ。この世界で見てきた人間と比べると違和感があるな。ジェイドが近いがあいつとも違う。おい、小僧魔法を使ってみろ」

「え、いや、俺実は魔法使えなくて――」

「真似事でいい。とにかくそれっぽいことをしてみろ」

「……はい」

せんせーにだったらここで口ごたえの一つもするけど、カルナヴァレルさんは冗談で済まないから大人しく従う。俺は右手を突き出し、精一杯せんせーから教えてもらった通りに魔力操作をし、魔法陣を頭に思い浮かべ、魔言を口にする。

「『灯火（ファイア）』」

だが、当然この時だけ上手くいく――わけもなく、魔法陣が象（かたど）られることはない。静けさが気まずい。

「ふむ、なるほど。ジェイドもまだまだだな。まぁ、人間の目では限界もあるか。おい小僧、貴様の魔力器官は――」

「え?」

☆

さてベント伯に言われた通り、昨日に引き続き、今日も普通に授業を行う。当然アマネの件は気になっているし、早くなんとかしてやりたい。しかし、だからと言って他の生徒たちをないがしろにするわけにはいかない。

(だが、レオはどうしたものか……)

キース、ケルヴィン、ヒューリッツに至っては魔法発動の兆候が見えてきている。この調子で行けば進級試験までには課題をクリアできそうだし、いざとなれば少しだけ無茶をすればいけるだろう。しかし、レオは魔法発動の兆しが見られない。魔法の指導はそう何人にもやってきたわけじゃないが、ここまで極端な例は初めてだから少しだけ困惑している。

「せんせー。魔法のことで相談があんだけど」

「ん？　あぁ、聞こう。ミーナ先生、すまないちょっとここを頼む」

丁度レオのことを考えていたらレオから相談があると言われた。少しだけ胃が痛い。俺はこの子に応えてあげられるのだろうか……。そして訓練場を出た扉の脇でレオの口が開く。

「――って言われたんだけど」

「……は？」

言葉は認識できた。意味も把握できる。だが想像がつかないため、頭の中をそのフレーズが何度もふわふわと飛び交う。

「すまん、レオ、もう一回言ってくれ」

「だーかーら、カルナヴァレルさんが俺の魔力器官は二個あるからそれで魔法が使えないんじゃないかって！」

もう一度聞いても同じだった。魔力器官が二つ。そんなことがあるのか？ 聞いたことがない。魔力器官は生命を維持する上でも非常に重要な器官だ。先天的な異常があればこの年齢まで生きるのも難しい。魔力器官が二つ。後天的に分かれたわけではあるまい。

「…………すまん、レオ。先生もそんなケースは見たことも聞いたこともない」

「……んだよ。結局俺はポンコツで、どうしようもないってことかよ」

レオの目が急速に温度を失っていく。学生時代から宮廷魔法師時代まで散々向けられた冷めた視線だ。ズキリと心臓が痛む。

「待てレオ。チャンスをくれ。なんとかしてみよう。今日の放課後、フェイロ先生の家に行くから、頼む」

「……ま、いいけど」

こうして俺はどうすればいいか想像もできないくせに『なんとかする』なんていう言葉を使って、レオとの関係を繋ぎ止める。少しずつ心を開いてくれて、前向きに強くなろうとしているレオの成長を見続けたいがために。

ぴんぽーん。

夕焼けから夜に変わろうとしている頃、ようやく学院での業務を済ませた俺はフェイロ先生の家の呼び鈴を鳴らす。暫く待っていると、トトトと軽やかな足取りでフェイロ先生の姿が近づいてくる。

「ジェイド先生、お待たせしました。どうぞ」

「すみません、フェイロ先生、急にお邪魔してしまって」

「いえいえ、事情は分かっていますから。それにジェイド先生であればいつ訪ねてきても大丈夫ですよ。そんなに畏まらないで下さい」

「ありがとうございます。そう言って頂けると助かります」

「はい。では、レオは鍛錬場にいるのでどうぞ」

「お邪魔します。あ、それと実はヴァルも一緒に――」


途中でヴァルを拾い、鍛錬場へとやってきた。

「よっ、レオ」

「あ、せんせー……とカルナヴァレルさん」

「フンッ。此奴がせがんでくるから仕方なく、だ」

相変わらずヴァルは憎まれ口を叩いているが、実際俺が頼んだらゴネることなく付いてきてくれた。

まぁ何千年も生きてきたわけだから素直になれない頑固ジジィみたいなものだろう。

「おい、ジェイド。貴様、今失礼なこと考えていなかったか？」

「ん？　いや、持つべきものは言葉にせずとも理解しあえる友人だな、と思っただけだ。さて、早速教えてくれ。レオの魔力器官と魔力回路はどうなってるんだ？　というかヴァルはなんで見ただけでそれが分かるんだ？」

「あん？　……チッ、調子に乗りやがって」

と、言いながら満更でもない様子のヴァル。友人の一言でこんな可愛げのある反応をするのだから、からかい甲斐がある。と、言っても逆鱗に触れてしまったら世界が危ないため、程々に、だが。

「竜眼だ」

「竜眼？　それはなんだ？」

「我ら竜という種族はこの瞳に森羅万象の流れを映す。それは人化してても変わらん。で、その眼をもってすれば魔力の流れを見ることなど容易い。小僧の場合、ココとココ、んで流れはこうだ」

「いでっ、いでっ」

ヴァルの瞳孔が細まり竜の時のような鋭い目つきへと変わる。そして人差し指でレオの左右の胸を突いた。どうやら魔力の流れは右胸の魔力器官から左手へ、左胸の魔力器官から右手へと繋がっているらしい。

「……滅茶苦茶だな」

「……何がだよ」

それをしげしげと眺めながら呟くと、レオが突かれた部分を撫でながら説明を求めてくる。

「いや、教えただろ。レオお前利き手はどっちだ」

「右だけど？」

「利き手はどうやって決まるか。魔力器官と魔力回路によってだ。右胸の魔力器官から右手に流れる者は右利きに。左胸の魔力器官から左手に流れる者は左利きになる。ま、例外はあるし、後天的に魔力回路が増えて両手で魔法が使える者もいる。と言ってもそう簡単じゃないけどな？　利き手じゃない方で字を書いたり、食事をする百倍難しい」

「……つまり？」

「両胸に魔力器官があって、それが交差して両手に魔力回路が流れてる例なんてのは極稀どころかこの世界で数えられるくらいだろうな。気を付けろ？　エメリアに知られたらマジで解剖されるかもしれんからな」

そう言って苦笑いを浮かべる。レオの表情を見れば、同じように頬を引き攣らしていた。

「もういいか？　我は戻るぞー」

「待て待て待て。構造は分かった。なんで魔法が使えないかの説明をしてくれ。稀だが左胸の魔力器官から右手の魔力回路で魔法を発動する者はいる。レオは魔力の流れが感じられない。何故だ」

「あん？　んなもん吸収されてるからに決まってるだろ。魔力器官から魔力器官をまたいで適当に魔力操作してたらそうなるのは当然だろ」

「吸収……？　いや、当然というか初耳だが、ヴァルちなみにお前は魔力器官をいくつ持っている？」

まるでヴァルはそんな例が当然のような言い方だ。これはもしかしたらと思って尋ねてみれば――。

「……七つ」

想像通り、いや想像以上の化け物だった。七つだと？　どんな構造しているんだこいつは。だがこれは朗報だ。複数魔力器官を持ってる先例がここにいた。俺には複数魔力器官を持っている者の感覚など分からんからどうにもできないが、ヴァルに頼めば――。

「ヴァル。じゃあレオに複数の魔力器官による魔力操作の――」

「断る。めんどくせー。我が小僧を見てやった理由はこの住処が快適で、フローネから対価として少しは手伝えと言われたからだ。小僧の指導役になるのはその範疇を超えている。それに貴様は魔法を教える人間なんだろ？」

「うぐっ。いやしかし、俺は両手に魔力回路はあっても魔力器官は一つだし、吸収するっていう感覚は――」

「あー、うだうだうるせー。なら、貴様が魔力器官二つになって、そのコツとやらを教えてやれ」

ヴァルは頭をかきながら面倒くさそうに無理難題を言う。魔力器官を簡単に増やせるならとっくにエメリア辺りが研究して実践しているだろう。だが魔力器官は生命に深く関係する大事な器官だ。人体実験でもしようものならば死体の山ができるだろう。

「そんな簡単に魔力器官を二つになんかできるわけ――」

「どうせ、七つもあったって使わねぇんだ。貴様に一つくれてやる。歯ァ食いしばれ」

「は？　――ゴフッ」

「せんせー!!」

視認できる速さではなかった。油断していたとかそういうレベルじゃない。気付いたら俺の左胸にヴァルの右手が深く突き刺さっていた。

「動くなよ？　…………………うっし、できた。ほれ」

「ゴハッ……。し、死ぬ……」

「せんせー!!　せんせー!!」

口から血を吐き出し、膝から崩れ落ちうずくまる。胸からはとめどなく血が流れ、レオの叫び声もどこか遠く聞こえる。

「レオ……、こんな先生でごめんな……」

「せんせー!!　ヴァルさん!!　なんでこんなっ！　なんとかしてよ!!」

レオは必死にヴァルに縋り付いている。だが俺には分かる。これは致命傷だ。そして最期の言葉として何を遺そうか考えている間にも血が流れ、血が流れ――。

「……てない。いや、苦しくもないし、痛くもないぞ？」

「え？」

俺はガバリと上半身を起こし、傷を確かめる。ない。まるで先程の光景が嘘だったかのようだ。だが嘘ではない。衣服は破れてるし、その周りは血で汚れてる。一体どういうことだ。

「いや、我の魔力器官を埋め込んだのだから、自己治癒速度は並の人間とは比べるまでもなかろう。それに貴様の身体には既に我の血が馴染んでいる。魔力器官も抵抗なく動いているし、適当に魔力回路も繋いでおいてやったから感謝しろ。ハッハッハ。んじゃ、我は寝る」

ヴァルはそう言って高笑いした後、振り返ることもなく去っていった。後に残ったのはポカーンと間抜けヅラの俺とレオ。そして静かにそれを見守っていたフェイロ先生だ。

「ハハハ、いよいよもってジェイド先生も化け物じみてきましたね」

「……そ、そうですね。あと鍛錬場を汚してしまってすみません」

「……そうだよ。俺が綺麗にしてるんだから汚すなよ。ほら、どいたどいた」

「っと、すまない」

押されて、その場を立ち退くとレオは雑巾で床を綺麗に磨く。自然な動きで淀みなく拭き掃除をするレオを見て、真面目に雑巾がけをしているのが分かった。

(こりゃ、化け物になってでもレオに魔力操作を教えてやらないとな)

「……で、分かったのかよ」

そんなレオを眺めていたら、当のレオからぶっきらぼうな声が飛んでくる。

「ん？」

「魔力器官が二つになったんだから、その吸収するだかなんだかって感覚が」

「ふむ……」

レオにそう言われ、改めて注意深く自分の左胸を意識する。確かに違和感を感じる。魔力がどんどん吸い込まれるようなイメージだ。

「『そよ風(ウィンド)』」

左右どちらの手からでも出せる魔法だ。これを都合四度唱える。内成功したのは一度だ。右胸から右手へと魔力操作したもののみ。右胸から左手、左胸から左手、左胸から右手の三回は上手く行えない。

（確かに右胸から左手へ魔力操作した時は左胸の魔力器官に魔力が吸収されているような感覚があるな……。で、左胸からはそもそも上手く魔力操作ができない、と。こっちは上手く使いこなせていないということだろうな）

「なるほど……」

「何、一人で納得してるんだよ。ほら、説明！　早く！」

しばらく一人でブツブツと考え込んでいたらレオから怒られた。相変わらず俺の教師としての威厳など皆無であった。

「わ、分かってる。そう急かすな。先生だって今、魔力器官埋め込まれたばっかりなんだから理解するのに少しくらい時間が必要なんだって」

しかし、そんな威厳だのなんだのなんてことは今言うべきでもないため、俺は説明を優先した。

「俺とレオで違う点が一つある。まぁ竜の魔力器官というのは置いておいて、だ。俺の場合、右胸、左胸、両方の魔力器官から回路が両手に伸びているから四つの魔力回路があるということになる。レオは右胸から左手、左胸から右手二つだ。で、反対に伸びる回路は器官の中を突き刺さって通っている」

「……おう？」

レオは混乱しているようだ。俺も説明していて上手く説明できている気がしない。どうしたものか……。

「ジェイド先生、紙とペン使います？」

「あ、フェイロ先生助かります。ありがとうございます」

と思ったらフェイロ先生が紙とペンを用意してくれた。ありがたい。俺はいそいそと紙に人の身体を書き、その右胸と左胸に丸を書き、そこから線を両手に伸ばした。丸を横切るように。

「……分かるか？」

「……まぁ」

あんまり分かっている様子ではなかった。人に教える難しさというのを改めて知る。

「とにかくレオの場合、右手で魔法を発動させようとすると左胸の魔力器官から魔力が出て、右手の先に到達する前に右胸の魔力器官がその魔力を吸い取ってしまうんだ」

「…………で、どうすればいいんだよ」

レオ、良くないクセだぞ？　構造や原理が分かっていないのに解決法だけ教えてもらおうとするのは。が、今はひとまず答えを先に教えてやるべきだろう。

「それは……」

「それは？」

「今から考える」

「はぁ？」

「いや、言っただろ。俺だって今日初めてこんな状態になったんだ。左胸から右手への魔力操作で右胸に魔力を吸収されない方法なんて想像もつかない。というわけで今日一日、時間をくれ。朝までには魔力操作できるようになってるから」

「一日で？　ほんとにできるのかよ？」

レオは全然俺のことを信頼していなかった。まぁ、しかし今の今まで頼りない答えばかりだったのだから、それもしょうがないだろう。

「やってみせるさ。一応これでも魔力操作の訓練はこの国で誰にも負けないくらいしてきたからな」

「……ふーん。じゃあ一日待つから、ぜってーできるようになってくれよな」

「おう」

俺は笑って、右手を突き出す。レオは顔を逸しながら恥ずかしそうにコツンと拳を合わせてくるのであった。

翌日――。

「せんせー、大丈夫かよ？　昨日寝てないんだろー？」

「ククク、レオ。これはすごいぞ？　寝る時間なんてもったいない。ヴァルは物凄いプレゼントをしてくれたものだ。放課後楽しみにしとけよー？」

「……なんだ、そのテンション」

「よーし、みんなおはよう！　今日もいい天気だな！　絶好の魔法日和だ！　さ、訓練に行くぞー！　先生についてこーい！　ワハハハハ！」

「……本当に大丈夫なのかよ」

そして放課後――。

「フェイロ先生、今日もお邪魔します」

「えぇ、ジェイド先生いらっしゃい。おやご機嫌ですね。もしや昨日の？」

「えぇ、年甲斐もなく恥ずかしいのですが、ついつい魔法のこととなると……」

努めて冷静に見せてたつもりだったが、フェイロ先生にはひと目でバレてしまった。だが仕方ないだろう。魔力器官が二つ。これは思っていた何倍もトンデモないことだったのだから。

「フフ、その様子だと上手くいったみたいで良かったです。レオも昨日からソワソワしていましたからね。さっ、ではどうぞ」

「はい、任せて下さい」

こうして俺とフェイロ先生は昨日と同じく鍛錬場に向かうのだが――。

「なんだ。結局ヴァルも気になって来たのか？　それにフローネさんとエレナまで」

鍛錬場にはレオだけでなく、ヴァルとフローネさん、エレナまで勢揃いだ。流石にフェイロ先生の妻であるコレットさんはいなかったが。

「フンッ、只の興味本位だ。折角貸してやった魔力器官を下手に使いやがったら返してもらうからな」

どうやら魔力器官はくれたわけでなく、貸してくれただけらしい。多分取り返す時も左胸に風穴を開けられて更に一度身体に定着した魔力器官を無理やり剥ぎ取られるのだから十中八九死ぬだろう。

「もう、アナタったら素直じゃないんだからっ。フフ、ジェイくん竜から魔力器官を貰えるなんて凄いことよ？　竜は生まれた時には九つ魔力器官を持ってるんだけど、これは渡しちゃったら再生しない大事なものなんだから」

「おい、フローネ余計なことは言うな」

「はいはーい♪」

と言うことはヴァルは数千年生きてて魔力器官を二つ渡してきた。そして三つ目が俺。そう考えると物凄いものを渡されてしまったようだ。あと、前に渡した二人が少し気になる。

「で、エレナは？」

「この弱チビが今日魔法を使えるようになるから見ておけって」

「ヘッ、俺はせんせーを信じてるからなっ。なぁせんせー？　信　じ　て　る　か　ら　な？」

レオがジト目で睨みながら低い声で凄んでくる。

「コホンッ。まぁ丁度いい。魔力器官が二つになったことで何ができるようになったかを実演しよう」

俺は右手を前に突き出す。必然みんなの方に向けているわけだから少しばかり緊張感が漂う。

「安心してくれ。今から使うのは強化魔法の『人あらざる者（ヴァージェス）』だ。イクス・リフォール・エンダント・ウィルメイル・バステイラ・ガッゾ・ヴァージェス」

そして七音節魔法である『人あらざる者』を発動させる。俺は身体に黒い魔力を纏い、様々な身体機能が何倍にも強化された状態になる。

「この『人あらざる者』は七音節魔法で、俺が唱えられる音節の限界だった。と、言うのも魔力器官というのは外魔力を内魔力に変換する作業と内魔力を魔力回路を通して放出する作業を並行して行えないからな。魔法陣の大きさは絶対的な魔力量による頭打ちがあったんだ」

エレナは今の説明で理解した——というより基礎的な知識だから元より理解しているのだろう。きちんと頷いていた。肝心のレオはやや不安そうに頷いている。

「……レオ、あとでエレナに教えてもらえ。続けるぞ？　さて、一度この『人あらざる者』を解く。で、ここからが魔力器官が二つになったことでできるようになったことだ。いいか？　イクス・リフォール、エンダント・ウィルメイル・バステイラ・ガッゾ・ヴァージェス——」

ここまでは同じだ。だが、魔力器官が二つになることにより一方を放出、そして一方を変換で魔力を足せることにより、

「ドラグーン」

八音節魔法が可能になった。バカでかい魔法陣から魔法が発動すると『人あらざる者(ヴァージェス)』の時と同様、黒い魔力が身体を覆う。だが、これまでとは違い、その背には魔力でできた一対二枚の羽が生えている。

「ほぅ……」

「これはこれは……」

ヴァルとフェイロ先生の目が驚きに染まる。ヴァルの方は竜眼とやらでこの羽の特性を理解したのだろう。フェイロ先生は予知能力や状況把握能力が飛び抜けているので、只事ではないことを察したのだろう。

「八音節魔法『竜たりうる者（ドラグーン）』ってとこだな。八音節魔法が可能になったのは魔力器官が二つになったおかげだ。右側の魔力器官を放出、左側を変換と役割を分担することにより、今までの何倍も魔力上限が上がったわけだ。すごいだろ？」

「……えぇーと、はい」

「……まぁ？」

エレナにしても、レオにしてもイマイチな反応だ。おかしい。これは魔法史に残るほどの大偉業だと言うのに。

「なんだか反応が薄いなぁ。レオ何か言いたそうだが、どうした？」

「……いや、羽生えただけだし、その、ダサイし」

「ダサイ、だと？」

俺は改めて首を回して自分の背に生える羽を見る。そんなにダサイかなぁ？

「エレナはどう思う？」

「……えと、先生すみません」

どうやらレオと同意見のようだ。すごい申し訳無さそうな顔で謝られた。

「いや、いいんだ。まぁ見た目はさておき、性能はすごいぞ？　この魔法は何も飾りで羽が生えたわけじゃない。なんと飛べるようになった——と言ってもこれは予想がつくよな。だがこの羽の大きさで俺の体重を浮かすのは難しいだろ？　つまりこの羽は重力を司る。反重力を使えばこうやって飛べるし、重力を増やせば攻撃が重くなる。正確に言えば引力と斥力を操作しているんだけどな。どうだ、スゴイだろ？」

「……えぇーと、はい」

「……すげー？」

え、マジか？　こいつら剣の修行をしてて今の話にピンと来てないとか、いや俺の説明が悪いのか？

「フフ、実践してみればいいんですよ。幸い、やる気満々の方もいらっしゃいますし」

「夕食後の腹ごなしに丁度良さそうだ」

フェイロ先生がそう言う前から当然気付いていた。気付いた上で無視をしていた。やる気満々のヴァルと殴り合うのはたとえ『竜たりうる者』の状態でもイヤだからだ。

「先生、お願いします」

「おぉ～！」

分かりやすい展開にエレナとレオの目が輝く。あぁだこうだ説明されるより見た方が分かりやすいと言ったとこだろう。

「はぁ……。ま、ヴァルのおかげだしな。だが、軽くだぞ？」

俺はこの展開を回避するのは無理だと諦め、これを了承する。仕方なくみんなから離れ、鍛錬場の中央でヴァルを待つ。ヴァルはニッコニコのウッキウキでやってきた。

「よろしくな。……あと、軽めに頼むぞ」

「……ニッ」

一応軽めにと言っておくだけは言っておいたが、これを聞き届けるヴァルではないだろう。案の定奴は嬉しそうに口角を吊り上げ、右腕をゆっくり大きく振りかぶると——。

ズドォォォンッ!!

「「おぉーーー」」

全力で右ストレートを放ってきた。レオとエレナは呑気な声を上げている。が、俺はと言えば——。

「……めっちゃ怖いんだが」

「ほぅ」

ヴァルの右腕の力を斥力で逸らし、逸らした際の反力を床へと向け、床からの反力と相殺する。結果、俺は微動だにせずそこに立ち続けることに成功した——が、代わりに床が物凄く派手に砕け散った。

「……フェイロ先生、床すみません」

「いえいえ、大丈夫ですよ」

「おい、次いくぜぇ？　っっらぁぁぁああ!!」

ヴァルはまだまだ遊び足りないようで、すぐに次の攻撃を仕掛けてきた。中段への右回し蹴りだ。

こんな予備動作バカデカくて当たったら肋骨粉砕じゃ済まない蹴りは避けたいのだが、それをしたら実演の意味がない。というわけで仕方なくその蹴りを右の手の平で受ける。

パシッ、ヒューーン。

インパクトの瞬間、重力を増大させ右手に斥力を集中させる。その力を耐えるとこれまた床が砕け散ってしまうので、重力を限りなくゼロにし宙を飛ぶ。その速度はヴァルの蹴りの威力に比例するのだから下手な弓矢よりよっぽど速い。

『風爆破（エアバースト）』

このまま壁へ激突すれば今度は壁が砕け散ってしまうので、三音節の魔言を唱え風によるブレーキを試みる。

ブォォォォ。シュタリッ。…………パリパリパリ、パリーン。

「…………フェイロ先生、重ね重ねすみません」

「……いえいえ、大丈夫ですよ」

風ブレーキの試みはある意味で成功し、ある意味で失敗した。壁にふわりと着地することができ、壁を粉砕することはなかったのだからここまでは成功だ。しかし閉め切られた鍛錬場の中で行き場をなくした風が窓をことごとく割ってしまったのは失敗と言えよう。フェイロ先生の二度目の「大丈夫ですよ」に少し間があったのはきっと気の所為ではないだろう。

「フハハハハ!! ほれ」

ちょいちょい。

今度は俺から攻撃してこいとのことだろう。ヴァルが人指し指をちょいちょいと曲げて挑発してくる。あいつは人様の鍛錬場を破壊しているという自覚がないのだろう。気楽なものだ。いや、壊してるのは俺か……？

「はぁ……。くそっ。フェイロ先生っ、鍛錬場の修繕費は俺が出しますっ!!」

ヴァルに向かって駆けながら右拳に重力を集積する。そして幾重にも重力場を重ねたその拳をヴァルの土手っ腹に突き刺す。

「ごぼぇっ」

どんがらがっしゃーん。

ヴァルの巨躯が壁をブチ破り何十メートルも吹っ飛んでいった。やりすぎた。完全にやりすぎた。ヴァルはどうせケロっとしてるから大した問題ではない。問題は鍛錬場だ。修繕費を払えばいいというレベルではない。吹っ飛ばした後の惨状を見て、俺は激しく後悔した。

「………フェイロ先生、完全にやりすぎました。本当にすみません」

土下座だ。人様の鍛錬場をこんな状態にしていけしゃあしゃあと笑っていられる者がいるならば見てみたい。

「ガハハハハッ!! 良いパンチじゃねぇか。夕食吐いちまったぜ。あー、腹減ったな。フローネ飯作ってくれ。あ、いやコレットの料理も美味いからなぁ、あいつにも作ってもらえ」

いた。人様の鍛錬場を破壊しておいて、平然と笑い、尚且つその持ち主の妻にまで食事を作ってもらおうと言う剛の者が。

「アナタ？　人様の家をこんなに壊しておいて何を言ってるんですか？　今日はもうご飯なしです」

「何っ⁉　……チッ。なら仕方ない。コレットのだけでも」

「コレットさんのもダメですからねっ！　あっ、コラッ！　コレットさんにご迷惑を――ハァ、行っちゃいました。フェイロさん、本当にうちの主人がすみません」

救いはフローネさんだ。本当に異世界で生きてきた別種族とは思えない程の良識と常識を持ち合わせた素晴らしい奥さんである。

「……いえ、カルナヴァレルさんは国賓ですから。鍛錬場の一つや二つ気にしないで下さい。それにジェイド先生も立って下さい。良いものを見せていただきました。修繕費は大丈夫です。国賓に関するお金は義父(ちち)に請求しますから」

そう言ってニッコリと笑うフェイロ先生はなんというか黒い笑顔であった。

「本当にすみません……」

最後にもう一度謝り、床から立ち上がる。もう十分魔法の威力は分かっただろうということで『竜足り得る者』を解除した。

「せんせーやるじゃん。で？　俺の魔法は？」

「……そうだった」

「…………」

レオからジト目で睨まれる。忘れていたわけではない。もちろんこの後教えるつもりだったとも。ただ、魔力器官が二つになってできることが増えたから少しだけはしゃいでしまっただけだ。

俺はみっともない言い訳を心の中で叫ぶ。流石にこれを口にすれば軽蔑されるのは分かっているため、非難は黙って受け止めよう。

「コホンッ。すまなかった。あー、つまり二つの魔力器官の使い方「変換」と「放出」をきちんと使いこなせるようになればレオ、お前は左右の手で膨大な魔力を使った魔法が使えるようになる――努力次第で」

そう努力次第だ。俺が一日で使いこなせるようになったのもそれまでに魔力器官や魔力の操作をかなりの時間訓練していた賜物である。二つ魔力器官があるからいきなり八音節魔法が使えるようになるなんてことはない。

「……つまり、俺もせんせーみたいに八音節の魔法が使えるようになるのか？」

「……努力次第では可能性はなくはない」

「……おぉぉ、すっげぇぇー!!　おい、エレナ聞いたか？　八音節だぞ？　八音節！」

「一音節の魔法もできないくせによくそんなはしゃげるわね」

「グッ……。こ、これからだ。見てろよ？　この二つの魔力器官の使い方を習得してやるからな」

「はいはい。頑張ってね。パパー、あっちの鍛錬場で稽古つけて。こっちは私の弟弟子であるレオが片付けるから」

「はいはい。レオ？　たとえ誰が汚し、壊してもこの鍛錬場を美しく保つのは弟子の務めだ。ジェイド先生との稽古の前に片付けておきなさい」

「……はい」

レオはフェイロ先生の言葉に素直に従った。ちょっと前なら文句の一つや不満が顔に出そうなものだが、少しずつ弟子としての自覚や覚悟というものが備わってきたのだろう。喜ばしいことだ。あと、俺がぶっ壊したのだから片付けは当然手伝うぞ？　うん。

☆

そして二人で小一時間かけて、鍛錬場を片付けた。色々なところが開放的になっているため、凍てつくような風が吹きすさんでいるがレオの目の闘志は燃えている。

「さ、レオ魔力操作の訓練を始めようか。二つの魔力器官を使って分かったことだが、この魔力器官は順序が大事だ。右手から魔法を使おうと思った場合、左の魔力器官で魔力を変換し、右の魔力器官でそれを放出、右手から発動。左手からの場合はこの逆だ。そして重要なのは左の魔力器官から右の魔力器官を経由して右手に魔力回路が伸びていることだ」

「…………右とか左とかこんがらがる」

「……紙に書こう」

ペラペラと風に仰がれる紙を押さえ、ペンを走らせる。右胸右手回路――放出、左胸右手回路――変換、と。

「分かるか？　右の魔力器官は魔力を放出するのに専念するんだが、その際に左の魔力器官から魔力を吸い上げるんだ」

「吸い上げる……」

「そうだ。左の魔力器官から右手に伸びている魔力回路を使って吸い上げる。そして右の魔力器官から右手に伸びる魔力回路で魔力を放出し、魔法を発動させるんだ」

俺は左手で自分の左胸を指し――。

「ここで外魔力を内魔力に変換。この魔力器官はそれ以上は何もしない」

次にそこから右胸に指をなぞる。

「で、右胸は魔力を放出する。その際、内魔力は左胸から、この回路を使って吸い上げるんだ。そして――」

右胸から右腕へと指を下ろしていき、

「放出――『灯火（ファイア）』」

魔法を発動させる。これが二つの魔力器官を使った最もベーシックな魔力操作例であろう。

「……俺は右の魔力器官から右手に魔力回路が伸びてないんだよな？」

「そうだ。だが、正確に言えば魔力回路というのは魔力本回路と魔力葉回路の二つがあり、こまかくて細い回路は全身――つまり右の魔力器官から右手まで流れている。これを活性化させ、何度も内魔力を通し太くすれば、いずれ本回路として使えるようになる」

口にするのは容易いが、この葉回路を本回路へと成長させるのは気が遠くなるほどの訓練量が必要だ。そもそも葉回路では魔力操作ができない。つまりできない魔力操作を繰り返し行うという虚無感とも戦わなければならない。

「ふーん……。じゃ、せんせーあれやってくれよ。アマネにやったやつ」

「……ま、言うと思ったよ」

正攻法であれば取っ掛かりを掴むまでに時間が掛かる。しかし俺が強制的に右胸の魔力を引きずり出せば葉回路に魔力を通すコツが掴める。だが、デメリットも伝えなければならないだろう。

「だが、葉回路を使って魔力を引きずり出すってのは激痛だぞ？」

そもそも葉回路は生体の維持のために絶えず魔力が流れている回路のことだ。そこに外部から無理やり内魔力をプラスしようものなら回路にとてつもない負担が掛かり、激痛となって知らせてくる。

「ん。やってくれ」

「……我慢できなきゃ言ってくれ」

だが、その説明を聞いて尚レオは右手をまっすぐ差し出した。確かに王国騎士団に入って、アゼルの横に立つにはこれくらいの修行には耐えてみせないと、か。俺はその手を握った。

「いくぞ」

「おう！」

まずは葉回路を辿り、右胸の魔力器官へと俺の魔力を通わせる。この時点では極微量の魔力であるから痛みはないだろう。ここからレオの右胸の魔力を引きずり出す。

「――――っっ‼」

胸から肩、肘、手首、そして手の平までゆっくりと慎重に、葉回路の内、右手まで最もまっすぐ伸びるソレを通じて魔力を動かす。レオはガタガタと震え、下唇を目一杯噛んでいる。

「大丈夫か？　限界がきたら――――」

コクコク。レオは下唇を噛み、眼球だけを動かし、俺の方を睨みながら小さく二回頷いた。大丈夫だから続けろということだろう。

「もう一度行くぞ。ここがお前の魔力器官だ。これがお前の魔力、それを肩、肘、手首、手の平、ここまで魔力を動かして放出させる」

レオの手の平は汗でびっしょりだ。それどころか額や首にも玉のような汗が出ている。

二十三回――――。

それが今夜一時間以上かけて行った魔力操作の回数であり、レオが気を失うまでの回数であった。

それから学院でもレオはその訓練をしてくれと頼むようになった。授業中は当然レオにだけ時間を割くわけにはいかないので、他の生徒にも指導しつつ、レオには葉回路での魔力操作訓練だ。

「うへー、痛そうですね……。レオよくやりますね……」

「ほんとだよねー。虐待してるようにしか見えないよねー」

いくら無理やり魔力を通してると言っても一日や二日では葉回路が本回路に変化するわけもなく、変わらず襲ってくる激痛にレオは汗を滴らせながら、顔を歪ませて耐えている。それを見てキースやケルヴィンが茶化してくるのだが、当のレオはこれに対し、何を言うわけでもなく必死に魔力と向き合っていた。

「君たちも真剣にやったらどうだい？　レオに置いてきぼりにされてしまうぞ？」

「「…………」」

ヒューリッツのもっともな意見に顔を見合わせるキースとケルヴィン。

「い、委員長だって全然できてないじゃないですか！」

「ハハ……、キース？　なんかそれ雑魚っぽいセリフだね」

「はいはい。レオ君が真剣に頑張ってるんだから、それを見て茶化すんじゃなくて、一緒に頑張るのが友達でしょ？　ヒューリッツ君、キース君、ケルヴィン君は先生が見ますから、こっちで訓練しますよ」

すぐ脱線してしまう生徒たちをミーナがまとめ、授業の空気に戻す。こういう部分ではミーナにとてもじゃないが勝てない。果たして俺が何年か教師を務めたらこうなれるのか……想像がつかないな。

「キューちゃんいくよー？　ウォラ・ボール」

「アハハハ、ちべたーい！」

「へへ、上手くいったー。はい、乾かすね～。エクス・ドライ」

「ぶぁぁぁぶぶぶぶぶっ！　あばばばばっ！」

こっちはミコとキューちゃんがマイペースに訓練をしているのだが、呆気なくミコは二音節魔法、しかもオリジナル魔法を強化する応用まで見せてきた。ウィンダム王立魔法学院でも一年生でこのレベルの魔法が使えればAクラス以上だろう。

キューちゃん？　既に三音節魔法のコントロールまでできてる。まぁ、キューちゃんの場合はノーカウントだ。種族による違いがありすぎる。フローネさんの言葉通りであれば魔力器官が九つある筈だし。

「グッ……」

と、レオがそろそろ限界のようだ。余計なことを考えてはいたが、きちんと様子は見ていたぞ？本当だ。

「……さて、今日はここまでだ。あんまり連続で負荷を掛け続けると逆に葉回路が壊れて使いものにならなくなるからな。『氷塊（フラスタ）』。ほれ、休むのも成長のための大事な時間だ」

魔法で氷を生成し、革袋に詰めて渡す。レオはそれを受け取ると訓練場の端へ向かい、言われた通り腕や肩を冷やし始めた。俺の言うことに対して文句を言わず、黙って従うその姿を見れば――。

「レ、レオがちゃんと先生の言うことを聞いていますね……」

「ハハ、こりゃ槍でも降るね～」

懲りないキースとケルヴィン。

「あなたたちぃ？　本当の本当に頑張らないと退学なの分かってるかな？」

ケルヴィンの予想は悪い方に外れた。降ったのは槍より恐ろしいミーナの笑顔だったのだ。

「ッフ、さて、ヒューリッツは俺が見よう。あまり危機感のないキースとケルヴィンを追い越して、ぎゃふんと言わせてやろうじゃないか」

「はいっ！　お願いします！」

俺はその横でいつも真面目に魔法の訓練に取り組んでいるヒューリッツに声を掛ける。ヒューリッツの良いところは決して腐らず、失敗から何かを学ぼうという姿勢だ。

「うわー、贔屓です。差別です」

「そーだそーだ。教師なら生徒のことは平等に扱うべきだー」

そんなヒューリッツに魔法を使えるようになって欲しいと思うのは教師として当然だろう？　更に言えば、優秀な成績で卒業してもらいたい。そんな気持ちで声を掛けたのだが、まぁ少しだけこいつらへの当てつけもある。予想通りというか、とりあえずイチャモンを付けたがる二人が文句を言ってくる——丁度いい。

「折角だから先に宣言しておこう。ジェイド宣言だ。先生はこのクラスの生徒を誰一人として見捨てることはしない。だが、当然やる気があって頑張る者に対してはより熱心に指導する。いいか？　キース、ケルヴィン。俺はお前らのことを差別する気は一切ない。お前らがやる気を出した日からこっちだ。できないことは恥ずかしいことじゃない。頑張ることは恥かしいことじゃないんだ」

恐らく、この年頃特有の妙な意地やプライドがあって、スタンスを変えあぐねているのだと思う。レオはそうだった。だが、フェイロ先生やアゼルのおかげもあって変わってきている。キースとケルヴィンにとってのそういう存在に俺はなってやりたいと思う。

「「…………」」

俺の言葉に対して二人はなんともむず痒そうな顔をする。何か二人にとって良いきっかけでもあればいいのだが……。

☆

「なぁ、キース、ケルヴィン。今日の放課後広場行かないか？」

「おや、レオ珍しいですね。最近は寄り道しようなんて言い出さなかったのに。まぁ僕は大丈夫ですけど？」

「夕方から店番手伝うからちょっとならいいよー」

最近は師匠の修行やせんせーとの訓練で学院が終わるとすぐに帰ってたからキースやケルヴィンともあまり遊ばなくなっていた。今日だって剣の修行があるし、せんせーとの魔法の訓練もある。でもそれ以上に大事な用だ。

「さんきゅー。じゃ、行こうぜ？」

そして俺たち三人は小さい頃から遊んでいた街の隅っこにある何もない広場へと向かった。

「ここも久しぶりに来たな。ガキの頃はよく三人で遊んだよな」

「えぇ、まぁ今でもガキだとは思いますけども」

「ハハ、だねー」

三人で土管に座り、何もない広場を見て懐かしむ。

「で、どうしたんです？」

「うんうんー。何か悩み？」

俺が唐突に誘ったからこの二人は何かを悟ったみたいだ。まぁ、こんな楽しそうじゃない表情で誘えば遊びじゃないってことくらいバレるか。

「……俺たちって友達だよな?」

だから始めから真面目にそう切り出した。そんな質問に二人は一瞬キョトンとして、

「ハァ?　どうしたんですかレオ?　頭でも打ちました?」

「アハハハ、訓練のしすぎじゃない?」

笑って流そうとした。

「いいから答えろよ」

けど俺は笑って茶化す二人には取り合わず、真剣に聞いているんだと伝える。

「……そりゃ友達ですよ」

「友達だね」

ようやく答えた二人は何を今更と言った風だ。

「俺もお前らのことは友達だと思ってる。俺さぁ、なんか魔力器官が二つあるらしくてさ」

それから俺は自分の身体のことや、今せんせーや師匠の下でどんな修行をしているのかを口にした。

二人はそれを黙って聞いていてくれた。

「ってわけ。俺もようやく魔法が使えるキッカケが掴めた感じがするんだよ。んで、ちょっと頼りないけどせんせーのこと信じて頑張ってるからさ、ぜってー試験までには魔法覚えるからさ。もう大丈夫」

俺は二人にそう宣言する。また二人は顔を見合わせて、何言ってるんだコイツみたいな表情だ。本当にこの二人は良い奴すぎる。

「もういいよ。お前らが魔法を使えるのは知ってる。俺が魔法使えないから、落ちこぼれクラスに行くことになったから、使えないフリしてついてきてくれたのも分かってる。今まで足引っ張って、甘えちまってゴメン……」

知っていた。こいつらがとっくに昇級試験程度の魔法を使えるのは。それどころか特進クラスだって行ける筈だった。でも優しいから。こいつらは優しいから俺のために一緒に落ちこぼれになってくれた。申し訳ないなと思いながらもすごく嬉しくて甘えてしまっていた。

俺がそう言うと二人は顔を見合わせて、まるでこんな日が来ることを予想していたかのように、

「……ハァ、なるほど。ですが甘いですねレオ。僕たちが実力を隠しているのはレオのためなんかじゃありませんよ。僕たちは入学前からあるイタズラを考えてまして、落ちこぼれクラスの生徒が進級試験で特進クラスを抑えて成績上位に選ばれる。面白くないですか？　てっきりレオにも伝えたつもりだったんですが？　ね」

「そうなんだよー。アハハ、うんうん」

笑いながら下手な嘘をつく。そして、それを聞いてケルヴィンも、

キースよりもっと下手な嘘をついた。

「……ったく、お前らは。んな面白い計画聞いてねぇよ。でも、それめっちゃ面白そうだな。俺も今から混ざっていいか？」

だから俺も下手な芝居をする。そしたらあいつらはさ、

「あったりまえじゃないですか。じゃあ僕たち三人で――」

「成績上位――」

「取ってやろうぜ？」

笑って手の平を重ねてくれて、空へと放る。

「あ、でもちょっとミコさんとキューエルさんは計算外でしたね……」

「あ、それ思ったー。敵は味方にあり、だね」

「……そんな変なことわざはねぇよ。ま、俺たちのクラス全員で特進科になっちまえばいいだろ」

「なるほど。そしたら先生も給料が上がって泣いて喜びますね」

「アハハ、俺たちって先生想いだね～」

☆

「で？　相談があるって言ったから来てみたらお前ら……」

キースとケルヴィンがどうやったら真面目に授業を受け、魔法に対して真剣に向き合ってくれるか悩んでいたら、答えは向こうからきた。放課後、キースとケルヴィンに呼び出されていつも使っている小魔法訓練場に来てみたらこれだ。

「あはは、いや、実は昨日急にコツが掴めましてですね？」

「アハハ、そうなんだよね〜。降ってきたというか、降りてきたというか？」

それは同じ意味だ。などとツッコんではやらない。なんと二人は進級試験の対象となっている魔法をサラッと使ってみせたのだ。その練度を見れば明らかに昨日今日初めて使えるようになったとは思えない。つまりわざと隠していたのだろう。

「……怒らないから理由を言ってくれ」

今日まで隠してた理由と今日になって明かした理由。気まぐれではない……と思いたい。だとすれば何かしらの理由がある筈だ。

「実はその……」

そしてキースはレオのために実力を隠して落ちこぼれクラスにいたと白状し、一緒に進級試験で良い成績を取りたいからちゃんと授業を受けたいとそう申し出てきた。

「……ふむ。まぁさっきの言葉通り怒りはしない。それにレオを思ってのことだからな。もしかしたらレオも一人だったら挫折していたかもしれない。そういう意味では良いことをしたと言えるだろう」

俺がそう言うと二人はホッとした表情になる。だが、

「だが、嘘をついて実力を隠し――」

待て。嘘をついて実力を隠して？　目立たないようにやっかまれないように生きてるのはどこの誰だ？　う〜む……。

「先生？」

「どうしたの？」

「……いや、なんでもない。お前らは友人思いの良い生徒だよ。んで、昇級試験で特進クラスを丸ごと抜きたいって？　上等じゃないか。昨日も言ったが、熱心な生徒は大歓迎だ」

今回のキースとケルヴィンの件は正しい行為だったかと問われれば疑問が残る。だが俺個人の感情としてならば友達思いであることは素晴らしいと思ったし、何はどうあれ魔法を頑張りたいのならそれに報いてやりたい。

「ありがとうございます！」

「ありがとうございます」

ま、それに俺も自分が品行方正で清廉潔白な人間かと問われれば、絶対に違うだろうしな。

（まったく世の中の自分のことを棚に上げて指導できる人間が羨ましいな）

しかし、同時にそれは教師として必要な能力であるとも思った。そして指導したからには自分もそうあるべきだ、と。

「あ、それと先生。この件はミーナ先生に上手く……その、お願いできませんか？」

「うんうん」

この件をミーナに、だと？　急に話がきな臭い方へ流れていく。ひとまず俺は想像してみた。

（おい、ミーナ？　実はキースとケルヴィンの奴実力を隠してて、本当はあいつら魔法使えたんだよ。いやーこれで悩みの種が一つ消えたな。ハハハハ。これからは魔法の授業頑張って昇級試験では特進クラスより良い成績出すって息巻いてたぞ？）

（……ふーん。で、ちゃんと注意したの？）

（え？　いや、それが理由を聞いたらレオの――）

（いや理由の前にまず嘘をついたことに対してそれが授業の進行を妨げて、他の生徒の迷惑になったっていう事実を認識させて、いけないことだったかどうかを――）

　ブンブン。ミーナの説教が長くなりそうだったので俺は頭を振り、想像から逃げ出す。そして、

「……えー、イヤだなぁ」

　と正直な気持ちを声に出してしまった。

「そんなぁ！　先生、お願いしますよ！」

「うんうん。ほら俺たちいつもふざけてるから余計怒らせちゃうしー」

　いつもふざけているのは完全に自業自得だろう。

「先生だけが頼りなんですっ！」

「俺たちを助けてくれよ、先生～」

「……ぐっ」

　しかし、そうは思っても結局キースとケルヴィンの押しに負けて、

「ハァ……、分かったよ。その代わり明日からは真面目に授業受けろよ？」

　了承してしまった。もう引き返すことはできない。

「はい、もちろんです！　流石先生！」

「わーい、やったー！　ありがと先生～」

「ったく、調子がいい奴らだ」

（……まぁミーナもお腹いっぱいなら機嫌良いだろうから、その時にしれっと話せば大丈夫だろう）

そしてそんな安易な考えを抱きながら、ミーナに一緒に夕食を食べないかと部屋に誘ったのだが——

——。


「え？　何それ」

「えと、はい……。あの……」

ご飯を食べ終わり、食後のコーヒーを淹れ、とっておきのデザートまで出したところで話を切り出したのだが、反応は思った以上によろしくない。マジなトーンでの『え？　何それ』だ。コーヒーを口にする。先程より酸味が増したように感じる。

「……いや、聞いてくれ。あいつらもあいつらなりにレオのことを思ってだな？　それに中々そんな思い切ったこと普通の奴じゃできないぞ？　今どき珍しい良い若者じゃないか」

動揺した俺はなぜかジジ臭いことを言っていた。

「え、大問題だよ？　学院の規則では学力詐称は厳罰の対象になっているし、ただでさえ授業態度や生活態度が悪い二人なんだからこれで進級試験で急に良い成績取ったら絶対に追及されるからね？」

「……う、うん」

まるで俺が生徒だ。先程までのジジイから一転、幼児退行してしまった。それ程までにミーナのガチ説教は怖い。

「……って言われても仕方のないことなんだからきちんと注意するところは注意しようねって話。ジェイドは怒るの苦手そうだから」

コクコク。神妙な顔つきでそれに対して頷く。確かに怒るのは苦手だ。それはキースとケルヴィンと話してる時も自分自身で感じたこと。教師の才能がないのだろうか……。

「もう、そんな本気で凹まないでよ。私だって好きで怒ったりしてるんじゃないんだからね」

「あぁ、そりゃそうだよな……」

「ん。それに今回の件は副担任として見抜けなかった私の責任でもあるし。ジェイドだけを責める気なんてないから」

そう言ってミーナはデザートをパクリ、ムシャムシャと食べている。おや？　これは許された？

「あ、あぁ。いやまったくもってミーナの言う通りだな。うんうん」

「調子乗らないの。ま、さっき言ったのは極端な例だから大丈夫だと思うけど。そうだね、クラス全員が成績上位になったらそれはジェイドの教え方が良かったんだってなるかもね」

全員が成績上位……。アマネの件は未解決だし、サーシャは一向に心を開いてくれない。レオだってまだまだこれからだ。だけど、

「そうだな。うちの生徒たちが上から八人ずらっと並んだら爽快だな」

「フフ、だね。ま、キース君とケルヴィン君が心を入れ替えてくれるなら授業も進めやすいし、助かるかな。ジェイドのデザートもーらい」

「……いいけど、太るぞ？」

「……怒りたくないから黙って？」

「……はい」

こうしてヒヤヒヤはしたものの、なんとかキースとケルヴィンの件を報告することができた。

（頼むから二人とも明日からは真面目に授業を受けてくれよ……？）

そう願わずにはいられない夜であった。

翌日

俺の心配は杞憂に終わり、キースとケルヴィンは真面目に授業に参加し、ミコやアマネ、ヒューリッツを驚かしていた。そしてレオはそんな二人に負けまいと一層真剣に訓練に取り組むようになる。

学院ではそんなレオと未だに不器用で魔力操作が安定しないヒューリッツの二人を中心に教え、放課後になればフェイロ先生の鍛錬場へと赴き、レオの葉回路の魔力操作訓練の続きを行う。

そして数日後ついに――。

「……痛みが減った」

既に恒例となった毎日の魔力操作訓練を鍛錬場で行っているとレオに明らかな変化があった。

「あぁ、成長期ってやつはスゴイな。身体がこんなにも早く順応して成長するなんてな。レオ、お前の右腕には細いが本回路と呼べるであろう回路ができたぞ」

異例の速さでレオの右腕の葉回路が内魔力を通すだけの太さに成長したのだ。レオの根性も大したものだ。

「…………っしゃ」

「ん？」

俺が感慨深げにそんなことを思っていると、レオが下を向いて震えだした。何事かと思えば、

「っしゃぁぁぁあああ!!　ざまぁ見ろ!!　これで俺も魔法が使える!!　魔法が使えるんだ!!」

ぴょんぴょんと飛び跳ねて叫び始めたのだ。

（ま、嬉しいよな……）

できないことができるようになる、その喜びは当然俺にも理解できた。なので暫く好き放題はしゃぐのを見守る。

「落ち着いたか？　だが、ここからが本番だからな？　もう何百回、何千回と魔力を通したんだ。自分でも分かるだろ？　右の魔力器官から右手まで魔力を自分で流してみるんだ」

「……ん」

そう、本番はここからだ。本回路ができたところで内魔力を操作し、魔法を使えなければ意味がない。俺の気持ちが伝わったのだろうか。レオは喜んだ顔から一転し、真剣な表情で頷き、小さく呟く。

「ふぅー……。右胸……、肩、肘、手首……手の平」

丁寧に流れる場所を確認しながら何度も行ってきた魔力操作を試みる。俺は竜眼なんて便利なもの

はないからハッキリとした流れは見えないが、今の所上手くいってる気がする。

「そうだ。手の平まで届いたら頭に魔法陣を思い浮かべながら魔言を唱えるんだ」

レオは目を見開き、一度頷く。そして、

「『灯火（ファイア）』」

そう唱えると右手の先には小さな魔法陣が浮かんだ。一瞬の後、それは小さな炎へと変わる。魔法だ。確かに今、レオは自分の力だけで魔法を成功させたのだ。

「……おめでとうレオ。それがお前の初めての魔法だ」

炎が消え、幾ばくかの静寂が訪れる。俺はレオの初めての魔法に小さく拍手を贈りながら祝福する。

「…………せんせー、俺……。せんせー、俺」

レオは何を言っていいか分からないようで鼻声になりながらそう繰り返す。

「良かったなレオ、これで魔法剣士のスタートに立ったんだ」

そう言って頭を撫でるとレオは小さく鼻をすすり、グッと袖で目元を拭った。そして、まるで涙を止めんとばかりにキッと前を睨み、

「へへへ、せんせー、あんがとな」

目と鼻を赤くしたレオは少年らしいあどけない笑みを見せた。今まで魔法に対する憧れとまったく魔法が使えないことで苛立ちもあっただろう。この小さな身体で今日までそれを抱えながら意地を張って弱みを見せないように頑張ってきたのだろう。

（お疲れレオ。頑張ったな。それにしても教師か……。なるほど）

俺は自分のことではないのに、自分のこと以上に喜んでいることに新鮮さと幸せを感じた。これが教師としてのやりがいというのであれば、なるほどこれは素晴らしいものだ。

「あっ」

そこで俺は思い出した。アマネから聞いたとあるアドバイスを。

「ん？　せんせーどした？」

「……行くぞ」

「はぁ？　どこに？」

「付いてくれば分かる」

「？　まぁいいけどさ」

そして俺は感動もひとしおなレオを引き連れて〝ある場所〟へ向かった。

「へい、らっしゃい！　お、あんちゃんじゃねぇか。ん？　今日はミーナ先生は一緒じゃねぇのか」

「あぁ、今日はこの子と二人だ」

「ほーかい。ま、好きなとこ座んな」

ミーナがいないことを告げると店主は分かりやすくぶっきらぼうになった。そしてシッシと追い払うように席へ案内する。相変わらずひどい接客態度だ。

「……せんせー、何この店？」

若干ではなくレオも引いている。そりゃそうだ。

「……ラーメン屋だ」

そう、ラーメン屋。レオの魔力操作訓練を見ていたアマネから『もしレオが魔法を成功させたら二人でラーメン屋に行ったほうがいい。これは絶対』などと妙に迫力のあるアドバイス？　をしてくるものだから、つい真に受けてしまった。ま、そうでなくともこれまで頑張ってきたレオにラーメンを奢るくらいバチは当たらないだろう。

「ふーん、どれが美味しいの？」

メニューを見て不思議そうな顔をするレオ。分かる、分かるぞ。俺も初めは一体何が美味いのか想像できなかったからな。

「フフ、そうだな。俺はやっぱりトンコツの硬め、普通、多めだな」

「なんだそれ？　まぁいいや。じゃあせんせーと同じでいい」

そして教え子にラーメン屋で先輩風を吹かしたところで注文をする。

「ん、了解だ。すみませーん、トンコツの硬め、普通、多めを二つ」

「はーい♪」

いつもの注文聞きの女の子がそれを書き取り、ラーメンが出てくるまでしばらく待つ。すると意外にもレオの方から話しかけてきた。

「あのおっちゃん、さっきミーナ先生って言ってたけど、ここにミーナ先生とよく来るのか？」

「ん？　あぁ、まぁミーナ先生に教えてもらったからな。たまに来る」

「ふーん。せんせーってミーナ先生と付き合ってんの？」

更に意外だったのはその内容だ。まさかレオからそんなことを聞かれるとは思わなかったため、一瞬固まってしまう。

「……あー、付き合ってないぞ。俺とミーナ先生は生まれ故郷が同じで随分と長い付き合いだからそう見えるのかも知れないな。冷やかされることは多々ある」

「へー。てかミーナ先生って男の人からすげー人気あるけど、せんせーはどう思ってんの？」

「……立派な先生だと思ってるぞ？」

「そういうんじゃないけど、まぁいいや。でもこの前王都に行った時に女子たちが言ってたんだよね。ミーナ先生の方はせんせーのことが好きなんじゃないかって」

「は？　ミーナが俺を？」

「うん」

ミーナがこんな俺を？　よく考えなくてもミーナは文句なしにモテるだろう。可愛らしさもありながら美人だし、性格は芯が強く、面倒見がいいし、なんだかんだで優しい。引く手あまたのミーナが、魔法しか取り柄のない俺を？

「……ないな」

「……だよなぁー」

レオの言ったことを考えてみたが、まるで釣り合っていない。よりにもよって俺を選ぶわけがないという結論に達する。そしてレオも言ってはみたものの俺と同じ結論に達したようだ。まぁ、至極当然の流れであろう。

「はい、ダメンズさんたちにポンコツラーメン二つでーす。熱いので火傷しちゃって下さ〜い♪」

「ありが――――ん？」

「……ども」

いつもの注文聞きの女の子から何やら笑顔で毒を吐かれた気がする。あまりにも自然体かつスムーズにそんなセリフを吐いて去っていってしまったので現実かどうか上手く認識できなかった。

「……なんだったんだ？」

「……さぁ？」

「ま、いいか。ほらレオ、熱いから気をつけ――――」

「あぢっ」

「ハハハハ、ったく、ラーメン初心者にありがちなミスだな」

そして俺はもう先程のことなど忘れ、レオとラーメンを食べて満足気に帰路につくのであった。

第二章

episode.02

素直になれない

「なぁミーナ先生？　最近私の影が薄くないか？」

「え？」

職員室で授業の準備をしているとスカーレットさんがふとそんなことを零してきた。影が薄い？

「別にそんなことはないと思いますけど？」

「いーや、薄い。というか最近ぜんっぜんミーナ先生が構ってくれないから、お姉さんは寂しくて死んでしまいそうだ」

「そんな大袈裟な……」

「大袈裟じゃないっ！　次の休日付き合ってくれないと拗ねるぞ？」

いつになく強引だ。本当に拗ねることはないだろうけども確かにスカーレットさんと学院外で会う機会は減っているかも知れない。断る理由もないし、むしろ丁度いい機会だ。

「いいですよ？　お茶でもしましょうか」

「ふむ、良かった。流石私のミーナ先生だ。今度の土曜ランチと洒落込もうじゃないか」

「次の土曜ですね、はい、大丈夫です。あと一応言っておきますけど私はスカーレット先生のものじゃないですからね？　それと実は誘いたい人がいるんですけど……」

「ん？　構わんが一応聞いておこう。誰だい？」

「えと――」


そして当日。

エルムで人気急上昇中のオシャレカフェにやってきた。実は前から密かに来たかったのだが、一人で入る勇気がなかったので敬遠していたという経緯がある。ウェイトレスさんたちの制服がフリフリで可愛らしいのだ。

「ふむ、ミーナもフリフリを着たい年頃か？」

「いーえ、私は似合わないので結構です」

誘った二人はまだ来ていないため、スカーレットさんと先に紅茶を飲んでいたのだがウェイトレスさんを追う視線に気付かれてしまったようだ。

「にしてもドラゴンか。実に興味深いな」

「ちょっとスカーレットさん？　それ秘密なんですからあんまり大きな声で――」

「ハッハッハ、そうだったな、すまないすまない。おっと、噂をすればなんとやらだな。絶世の美人が二人入ってきたぞ？」

重大な秘密をさらりと口にしておきながら全然悪びれる様子がない。と、言っても私もスカーレットさんにその秘密を話したのだから人のことは言えないけども。なので強く窘めることは諦めてスカーレットさんの言葉通り入り口を見てみれば、確かに先程の表現が誇張じゃない美人オーラを放っている二人が立っていた。

「コレットさん、フローネさんこっちです」

というわけで誘いたいと言った二人はコレットさんとフローネさんだ。手を振って名前を呼ぶと向こうも気付いたみたいで小走りにテーブルまでやってくる。それにしても歩いてるだけでオーラというか品がある。スカーレットさんには言ってないが、コレットさんは正真正銘王様の娘だから王女様ということになるし。

「お邪魔しますね」

「お邪魔します」

二人が静かに腰掛け、四人揃ってみるとスカーレットさんも美人だし、私だけ田舎のイモ娘感がすごい。

「ん？　どうしたんだミーナ？　そんなジャガイモを食べたらサツマイモだったような顔をして」

「……どんな顔ですかそれ。イモ娘って言いたいんですか？」

「まさか。私の可愛いミーナをイモ娘なんて呼ぶ者がいたら成敗してやるさ。さて、ミーナ？　お二人が困っているが？」

はっ。ついネガティブモードに入ってしまい、二人をほったらかしにしてしまった。

「コレットさん、フローネさん、すみませんっ。えと、こちら私の同僚で先輩のスカーレットさんです」

「どうも初めまして。ミーナのお姉さんのスカーレットだ」

「あらあら、お姉さんだったんですね。こんにちは」

「まぁ、そうだったんですね？　でもあまり似ていないような？」

「あ、コレットさん、フローネさん今のはスカーレットさんの嘘というか冗談ですから。スカーレットさん？　適当なこと言わないで下さいね？　えぇと、こちらが騎士科のフェイロ先生の奥さんのコレットさん。で、こちらがうちのクラスに転入してきたキューエルさんのお母さんのフローネさん」

「初めまして、フェイロの妻のコレットです。いつも主人がお世話になっています」

「初めまして、キューエルの母親のフローネです。いつもエルがお世話になっています」

なんとか自己紹介が済んだ。

「じゃあ、折角なんでご飯を頼みましょうか」

私はいま来たばかりの二人にメニューを渡す。

「んー、私は決まりました」

「私も決まったわ」

「あ、じゃあ呼びますね。すみませーん」

「む、ミーナ。ひどいじゃないか。私にも決まったか確認を取ってくれても――」

なんだかいつにも増してスカーレットさんの絡み方が面倒くさい。まぁけど暫くぶりのプライベートなので大目に見たいと思う。けど一応、にっこり笑って釘は刺しておく。

「ふぅ。そんな顔で脅すなんてひどいミーナだ」

「はいはい。どうせ私はひどい女ですー」

なんて言ってたらウェイトレスさんが来たので、スカーレットさんを後回しにして注文を頼もうとする。が、

「注文をお願い――って、ネネアさん？」

「おや、ミーナ様ではありませんか。これは奇遇ですね。ご来店ありがとうございます。。そして、いつもご迷惑おかけして申し訳ありません」

黒髪を束ね、スッと切れ長の目をしたメガネのよく似合う美人なウェイトレスさんは顔見知りであった。

「む、ミーナ。また私以外の女の影か、やれやれ」

「はい、変なこと言わない。いえいえ、こちらこそいつもありがとうございます。えと、こちら……」

「どうも皆様、カービン家で専属メイドをしておりますネネアと申します。きっと皆様にも多大な迷惑をおかけしていることでしょうから、本当に申し訳ありません」

「カービン家だと？　もしや？」

スカーレットさんはすぐにピンと来たようだ。そう。ネネアさんはカービン家でしかもあの人の専属のメイドだ。

「えぇ、そうです。私はフロイド坊ちゃまの専属メイドで御座います」

そう、フロイド先生だ。でも私はネネアさんを非常に好ましく思っている。その理由はひとえに私を気遣ってくれてフロイド先生の暴走を食い止めてくれてるからだ。

「なるほど。君が『最後の砦』か。噂はかねがね」

「ちょ、スカーレットさんっ！」

「おや、そんな呼ばれ方をされていたのですね？　光栄です」

ペースが独特の二人が話し始めると厄介なことになりそうだ。

「えと、それでなんでネネアさんがここに？」

なので、話を強引に進めてしまう。

「えぇ、実はこのお店はカービン家が出資しており、時折私が視察と指導に来ているのです」

「へ～、そうだったんですね！」

知らなかった。こんなオシャレなお店をフロイド先生の家がやってたなんて驚きだ。フロイド先生にも意外なセンスがあるんだ、などとつい失礼なことを考えてしまったのだが、

「ちなみにこのお店の企画、運営は私がやっております」

内心を読まれてしまったようだ。バツの悪さについ苦笑してしまう。

「さて、あまり私が遊んでいるのも示しがつきませんので、ご注文をどうぞ」

「あ、すみません。私はこれと――」

それから注文を済ませるとネネアさんはとても綺麗な立ち居振る舞いで去っていく。コレットさんやフローネさんが優雅な感じだとすれば、ネネアさんは凛としてカッコいい感じだ。

「コレットさん、フローネさん、話し込んでしまってすみません」

そして先程から静観せざる得ない状況にしてしまった二人に対して謝る。

「いえいえ、確かカービン家と言えばエルム学院に……」

「あ、そうなんです。魔法科の主任でフロイド先生と言うんですけど」

「ですよね～。名前は存じ上げています」

コレットさんは隠れ王族のためか貴族関係の人間は知っているようだ。カービン家と聞いてすぐに思い当たったようだ。

「あら、ではエルもお世話になるかもしれないわね。でも、迷惑をかけてるって言ってたけど、ミーナちゃん何かされたの？」

「え……っと、いえ、特には？」

非常に気まずい質問だ。ストーカー行為をされていますと大々的に言うわけにもいかない。まして、ここはフロイド先生のお店だし、変な噂が広がってしまえば経営にも支障が生じかねない。

「フフ、実はなフローネさんとやら。そのフロイド先生はミーナの大ファンなのだよ」

「ちょ、スカーレットさんっ！」

「「へぇ～～～」」

コレットさんとフローネさんが生暖かい目でこちらを見ながらにっこりと笑う。すごく嫌な予感がする。

「でもミーナさんにはジェイドさんがいますよね？」

「そうよね、ミーナちゃんにはジェイくんがいるもんね？」

「そうなのだよ。つまり……三角関係というわけだっ」

「違いますっ！」

ダメだ。コレットさんもフローネさんもスカーレットさんのペースに巻き込まれてしまっている。

先程までの落ち着いた品のある雰囲気から一変し、うちの学院の生徒のようにワクワク、ソワソワしているのが分かってしまう。

「それでそのフロイド先生はどういう方なのでしょう？　ジェイドさんに似ているのかしら？」

コレットさんが興味津々にそんなことを言う。フロイド先生がジェイドに似てる？　それはない。

「あらミーナちゃん、分かりやすく全然違う〜って顔してるわね」

「ふむ、タイプは違うな。だがフロイド先生にはジェイド先生にない情熱がある」

「「情熱……ゴクリ」」

やめて。そんなキラキラした目でこっちを見ないで。

「……あー、ご飯楽しみだなぁ」

仕方ないので目を逸らしながら、話を逸してみる。が、

「そう、情熱だ。ジェイド先生はミーナがこれだけ好き好きオーラを出しているにもかかわらずまったく気付かないニブチンおぶニブチン。だがフロイド先生は逆にミーナのイヤイヤオーラにまったく気付かずアタックを続ける剛の者なのだよ」

もうスカーレットさんは黙らせた方が良いんじゃないだろうか。一応小さい声で喋ってはいるが、誰かの耳に入れば営業妨害になること間違いなしだ。

「でもでも、意外に強引なアタックにほろりと来ちゃう人も多いって聞きますし」

「ないです」

下手な勘違いをされて、変な噂が立つのは本当にイヤなのできっぱりと否定しておく。

「そうよね〜。ミーナちゃんはジェイくん一筋だもんね？」

「…………ノーコメントです」

かと言ってジェイドのことが好きだという噂が立つのも困ったものだ。まぁジェイドは基本的に人を信用していないから噂話を鵜呑みにすることはないだろうけども。それに私が好きなんていうのはまったく想定していないだろうし。

「そう言えば王都の時の話をまだ聞いていなかったな。お二人は何か知っているのかな？」

「あ、主人からジェイドさんとミーナさんが一夜を共にしたと聞きました」

「あらあら」

「ほぅ、やるじゃないか」

「…………違うもん」

フェイロ先生ぇ～っ。……確かに同じ部屋で夜を明かしたのは事実だが、やましいことは何もなかった。が、ここで変に弁明するとからかわれるのは目に見えている。私にできたのは小さく一言そう返すだけだった。

「やん、ミーナちゃん可愛い～」

「うんうん。やっぱりミーナは可愛いなっ」

別にフローネさんやスカーレットさんを喜ばせたいわけじゃない。

「私のことよりスカーレットさんはどうなんですか？」

「ふむ。私は自分自身の恋愛に一切の興味がない。それよりいつだって私の最大の関心事はミーナの幸せだっ！　特に恋愛におけるなっ!!」

「「おぉ〜」」

妙な迫力でそう言い切ったスカーレットさんに二人が拍手を送る。もうやだぁ。

「でもでもなんでジェイドさんはなんであんなに、その、鈍感なんですかね？」

「えぇー、男の子ってみんなそうじゃない？　ヴァル、あ、私の夫なんですけど、ヴァルも随分なニブチンだったし」

「ふむ。しかしそれにしてもジェイド先生のは筋金入りな気はするな。ミーナ心当たりはないのか？」

「え？　それ私に聞きます？」

つい反射的に本音が飛び出してしまった。いや、でも後悔はない。

「実はジェイドさんが昔ミーナさんに告白して一度フラれたことがあるから、とかですか？」

「「それいい」」

「そんなドラマはありません。今も昔もずーっとあんな感じです」

色々と誤魔化す度に紅茶を飲んでいたので早くも空になってしまった。仕方ないので無言でトポトポとティーポットから注ぎ足す。

「でも私はジェイくんとミーナちゃんののんびりなペース好きだけどなぁ〜」

「実に同意見だ。当然幸せにはなって欲しい。だが、この恋しているミーナを失いたくない私もいるんだ。あぁ、なんて私は罪なことを願ってしまっているのかと嘆き苦しまない夜はない」

「うぅ、スカーレットさん、とてもミーナさんを大事に想われているんですね」

「あぁ、私が生涯ただ一人愛した女性だからな」

「ズズズ……」

もう何も言いたくないので紅茶を飲む音で抵抗を試みる。三人がこっちを見た。

「結婚式には呼んで下さいね？」

「わー、絶対私も行くからねっ！」

「友人スピーチは任せろ。既に考えてある」

「飛躍しすぎですっ!!　あっ……」

つい大声で言い返してしまったため周囲の視線が集まる。ものすごい恥ずかしい。

「あらあら、ふふふ、ちょっとイジワルしすぎちゃいましたね。ミーナさんごめんなさい」

「そうね。ミーナちゃんごめんなさいね？」

「あぁ、お姉さんも少しばかり調子に乗りすぎたようだ。すまない」

「……いいです。別に怒っていませんから」

別に怒ってはいないが、みんな他人の色恋沙汰によくもここまで興味を持てるものだ。いや、でも私だってスカーレットさんに好きな人ができたら応援したくなるだろうし、話を聞きたくもなるか。

「おや、どうされました？」

そんなことを話していたら料理をトレイにのせてネネアさんが不思議そうな顔をしてやってくる。

「あ、ネネアさん大声出してしまってすみません。なんでもありません。あっ、お料理美味しそうですね」

「いいえ、なんでもないのであれば構いません。どうぞ温かい内にお召し上がり下さい。それと普段からお世話になっている皆様には食後にデザートをサービスさせて頂きますね」

「えっ、いいんですかっ……じゃなくて、そんなお世話になってるのは……」

「お世話になってるのは？」

言い淀んでしまった。お世話になっているだろうか……。いや、お世話になっている筈だ。

「私たちですので、お気遣いは結構です……」

つい小声になってしまう。こんなことなら言わなければ良かった。

「ミーナは変なところで律儀で正直だからな。すまない、ネネアさんとやらお言葉に甘えよう。その代わり何か困ったことがあったら頼ってくれ。ここのデザートであればある程度の無茶は引き受けよう」

「同じく、任して下さい」

「えぇ、私も力になりますからっ」

「フフ、皆様ありがとうございます。ではごゆっくりと」

「うぅ、ネネアさんすみません……。ありがとうございます」

こうして私は色々やらかして憂鬱な気持ちでランチを食べるのだが、

「えぇ〜、ものすごく美味しいっ……」

実に現金なものでそのランチの美味しさに先程までの憂鬱な気持ちなど吹っ飛んでしまった。当然——。

「ふわぁ～、デザートも美味しいっ」

デザートも美味しかった。見れば三人も幸せそうに食べている。やっぱり美味しいものを食べると幸せになるってのは世界が違っても種族が違っても共通なんだなと思った一日であった。

そしてそのあとものんびりお喋りを続けていたのだが、あまり長居をするのも申し訳ないと思い、

「そろそろ良い時間ですね。出ましょうか」

「そうだな、名残惜しいがとても楽しい時間だった。二人とご一緒できて良かったよ」

「こちらこそ新しい友人が増えて嬉しかったです」

「私もー。たまにこうして女子だけで集まって喋るのもいいものね」

席を立つ。私も三人が仲良くなってくれたのがすごく嬉しい。フローネさんの言う通り、またこうして女子会をしたいものだ。

「皆様、本日はご来店ありがとうございました。また是非おいで下さい」

「あ、ネネアさんありがとうございました！　すごく美味しいし、雰囲気も良いし絶対また来ます！」

「フフ、ありがとうございます。心よりお待ちしておりますね」

最後にネネアさんに挨拶をして、外へ出た。まだ日は落ちていないがコレットさんやフローネさんは所帯を持っているのだからあまり引き止めるのも悪いだろう。

そう思い、別れの挨拶をしようとしたところで、

「うぇ～い、え、めちゃくちゃ美人が四人も揃ってるじゃ～ん。お姉さんたち俺たちとイイコトし

なーい？」

変なのに絡まれた。折角楽しかったのに最悪だ。

「あれあれー？　あんまり乗り気じゃない感じィ？　でもでも一緒に来てくれたら絶対楽しませるからさっ。なんていうかなぁ、女に生まれてきた悦びってやつを教えてあげられるかも？」

いわゆるナンパというやつだろう。リーダーっぽい男は長い前髪をかき上げ、パチンッと指を鳴らしながらそんなことを言ってくる。後ろにもぞろぞろ五人程仲間がいるみたいだ。まだ日もある内からこんな下衆いことを言ってくる人たちに当然ついていくわけもない。まぁ日が暮れたところで同じだけど。

「ふむ。君たちは中々に面白いな」

「ちょ、スカーレットさんっ！」

当然無視して逃げるのが一番だが、スカーレットさんがニヤニヤ笑いながら話しはじめてしまった。ナンパされることは何度かあったが、たまにこうして相手にしてしまうのがスカーレットさんの悪いクセだ。

「でっしょー！　いやぁ、赤髪のお姉さんは話が分かるなぁ～。てかぶっちゃけみんな美人だけど俺はお姉さんが一番タイプだったのよ。そのクールな顔が羞恥と快感に染まっていくとか、すげーそそるべ？」

案の定ロン毛君は大はしゃぎだ。後ろの仲間たちもゲスな笑い声を上げながら同調している。

「スカーレットさん、もう行こ？」

グッと服を掴み、無理やりこの場からスカーレットさんを引き剥がそうとする。が、

「キャっ」

「っととと、可愛らしいお姉さん？　今俺はこのスカーレットさんとお喋りしてるの。分かる？　後で相手してあげるからちょーっと黙ってて？」

そんな私の手をロン毛君が掴んできた。すぐに振り払ったが、握られた感触が残ってものすごく気持ち悪い。

「ミーナちゃん大丈夫？　えぇと、この人たち不快なんだけど殺してもいいのかな？」

「フローネさんっ!?　殺すのはダメですっ!!」

戦ってる姿は見たことないけど、恐らくその気になれば普通の人間など一瞬で殺してしまえるだろう。慌ててそれは止める。

「アハハハハッ!!　そっちの妙にオーラあるお姉さんは面白いね～。殺すって。一応言っておくけどぉ、俺たちって結構強いんだよね。それに女が男に勝てるわけないっしょ」

そう言ってナンパ男の人たちはまた笑い合う。それぞれが変なポージングをして強いアピールをしてるけど、すごくかっこ悪い。あとすごく面倒くさい。

「あ……」

ん？　どうしたんだろうか。先程から静かにキョロキョロしていたコレットさんが遠くを指差しながら変な声を出したのだ。私たちはつられてそっちを見るのだが、

「「「あ」」」

「ん？　なになにぃ？　みんな揃いも揃って面白い顔しちゃって。もしかして五人目の可愛い子ちゃん？　俺たちは大歓ゲェ……。野郎じゃん……。しかもとびっきりもっさくて暗そうでつまらなそうなヤツ。うぇぇー、俺たちあぁいうタイプいっちゃん嫌いなんよね。な？」

「「「「うんうん」」」」

もれなくナンパ男全員から嫌われたのは誰かと言えばジェイドだ。私たちと目が合って驚いた顔をしているから偶然居合わせただけだろう。ジェイドまでこの変な人たちに絡まれるのも可哀想だし、どうしようか……なんて思ってたところで、

「おぉー、ナイスタイミングだ。ジェイド先生。キミは持ってるなぁ。おーい、こっちだ、こっち、早く来たまえ！　ハハハ、ミーナ、王子様の登場だぞ？」

「わー、こんなベタな場面で現れちゃうとかジェイくんスゴイ！　コレットさん良い仕事しましたね」

「うふふ、いえ、ついこの方々が退屈だったので余所見していたらの偶然ですよ」

スカーレットさんが呼んでしまったので、トトトとジェイドが駆け寄ってきた。あとコレットさんが何気に毒を吐いてびっくりする。

「どうしました？　スカーレットさんにフローネさん、コレットさんまで……。あとミーナ？　そちらの方々は？」

呼ばれてすぐに状況把握できるわけもなくジェイドがご丁寧にナンパ男を紹介してくれと言ってくる。仕方ないので皮肉たっぷりに紹介する。

「えぇと、私たちに女として生まれてきた悦びを教えてくれようとしてくれてる方々」

「ちょりーっすっ。そ、俺たちがこの子たちに気持ちいいこと教えてあげちゃう足長？　いや、アソコ長お兄さんって感じぃ？　ギャハハハッ。ねっ、ミーナちゃん？」

「やめて下さい」

ジェイドの方を見てたら急に近寄ってきて肩に手を回されそうになったので、すぐに逃げ出してジェイドを盾にする。触れられでもしたらまたその感触に鳥肌が立って不快指数がマックスになるので警戒していて正解だ。

「…………」

今のやり取りで言葉が出ないあたりジェイドも引いちゃってるのだろう。

「ふむ、ジェイド先生。見ての通り私たちはナンパをされている。助けてくれないか？」

「え、なになに？　このイモオブイモなお兄さんが俺たちをどうにかしちゃう気ぃ？　マジ？　うけりゅ」

うん、いい加減イライラしてきたからやっちゃえジェイド。

「あー、そういうことでしたら。俺の名前はジェイドだ。この人たちの代わりに一緒に帰ってやるからみんな住んでる場所を教えてくれ」

「はぁ？　こいつ何言っちゃ――」

「『ユグドラシルの蔦（ラーブ・ユグド・イヴィ）』」

ジェイドはロン毛君に取り合わず淡々とした様子で魔法を唱えると一瞬にして全員をぐるぐる巻き

にしてしまった。

「は？　ちょ、てめぇっ!!　何しやがんだっ!!　くそっ、なんだこれ!!　抜け出せねぇっ!!　おい、イモ野郎これをほどけ!!」

「いや、ほどくわけないだろ。選ばせてやる。自分で歩くか、ひきずられるか」

「てめぇっ、足首まで縛っておいて歩くもクソもねぇだろうがっ!!　なぁ、みん——って、え？　お前ら？」

　よく見ると後ろの取り巻きは腕から腰までしか巻かれておらず苦笑している。リーダーっぽい人だけは足首まで全身拘束されていた。

「じゃ、行くぞー。お前は最後な。というわけでこっちは引き受けましたんで」

「うむ。怖くて何もできない我らか弱き女子を助けてくれたこと感謝するぞ。ジェイド先生、ありがとう」

「ジェイドさんありがとうございました。ご面倒をお掛けして申し訳ありません」

「うんうん、ジェイくんありがと、カッコ良かったよ。ね？　ミーナちゃん？」

「え、あ、えぇと、そのありがとう」

「……皆さん美人なんで気をつけて下さい。では」

「いでででっ、ちょ、マジでないって、これはマジでない！　おい、聞いてんのかよっ、おーーいっ!!」

　ズルズル引きずられていったロン毛君はずっと喚いてるけどジェイドは無視を貫いていた。まぁ自業自得だろう。

「ククク、それにしてもジェイド先生の顔見たか？」

「えぇ、ミーナさんが肩を抱かれそうになった時のムッとした顔……、その、すごく良いものを見れました」

「うんうん、ミーナちゃんは災難だったけど、あのなんとも言えないジェイくんの顔にはキュンキュンしちゃったわ！」

「え？　そんな顔してたんですか？」

あの時すぐにジェイドの背中に回ってしまったから表情は見ていない。ジェイドもその、嫉妬とかしてくれたのかな。

「はぅわっ、むしろお姉さんは今のミーナの恥じらいと喜びと照れ隠しをミックスしたような表情にグッときてしまった。フッ、皮肉なものであのロン毛君の言った通りになってしまったな。私は今女として生まれた悦びを噛み締めているっ」

「スカーレットさん気持ち悪いんでやめて下さい。あとそんな表情はしていません」

「してましたね」

「してたわね」

「ぐっ……」

みんなにニヤニヤと見つめられて、つい目を逸らしてしまう。多分顔も少し赤くなってしまってるかも。いやだって、別に怖くはなかったけどジェイドが来てくれて安心しちゃったし、ナンパ男たちに怒ってくれるとか普通に嬉しいんだから仕方ないよね。

「あ、そうだ。私夕飯の買い物して帰らなきゃ、じゃスカーレットさん、フローネさん、コレットさん今日はありがとうございました！　また！」

「あ、逃げた」

「逃げましたね」

「逃げちゃったわね」

なんとでも言って。まぁでもジェイドに迷惑をかけちゃったんだから夕飯くらいは作ってあげなきゃね。今日はジェイドの好きなものばっかり出してあげよっかな。

そんなことを考えながら私は少しだけ早足で市場に向かうのであった。

☆

「ハッ!!　リャッ!!　ズァァッ!!」

ついに雑巾がけが認められ、いくつかの基本的な型を師匠から教えてもらった俺は一太刀一太刀を丁寧かつ全力で振るう。静かな鍛錬場には俺の声と踏み込む際の足音、木刀が空を切る音だけが響く。

「ちょっとアンタうるさいんだけど？」

「ハァ、ハァ……。あん？　何がだよ」

だが余計な音もある。それがこいつね。

「足音よ。みっともなくバタバタするのやめてくれない？」

「はいはい。どうせみっともねーよ。じゃあ手本に『蓬莱の舞』見せろ」

「それが姉弟子にものを頼む態度？」

「……蓬莱の舞を見せて下さい。性格ブス姉弟子様」

「……いいわ。そこに立ちなさい。動いたら骨折れるからね？　ま、動いてくれた方が私は気持ちがスッキリするからいいけど？」

「おっかねー女」

蓬莱の舞はフィーガル流の基礎の型である打ち込み、防御、足さばきを複合的に組み合わせた舞だ。初めて師匠の舞を見た時は全身が震えた。その舞を習得するために基本の型練習とそれを繋ぐ動きを練習しているわけだ。

「いくわよ」

「おう」

俺は足を広げると腕を組み、まっすぐに立つ。俺との距離を間合いのギリギリ外に置き、エレナが一度だけ大きく呼吸をした。そして俺の鼻を掠めるように一閃――横に薙ぐ。

自分が同じ動きを何度もしようと思ったから初めて分かるのだが、こいつの舞は綺麗だ。動作自体なら俺だってすぐに覚えた。だが剣術として洗練された動きには程遠い。悔しいがエレナの舞は剣術だ。

「……ふぅ。まぁ体格や身体の動かし方は私とアンタで違うけど、それでもバタバタ足音なんて立てないから。パパの見たでしょ？　私より静かに舞うわよ」

「……分かってるよ。バタバタうるさいとかじゃなくて具体的にどこが悪いのかちゃんと教えろよ。師匠にそう言われてるだろ」

　師匠はあまり多くを語らず、エレナに俺を指導するよう言っているのだ。

「すぐ体幹がブレる。足先が弱い。重心が高い。重心移動が遅い。力み過ぎてて脱力できていない。細かいところを上げたらキリがないけど、一番ダメなのは裏の舞が見えていないことね」

「……裏の舞ってなんだよ」

　とりあえず文句は飲み込み、一番ダメと言われた裏の舞について聞いてみる。師匠もそんな説明はしてくれてない。

「正確には『蓬莱の舞・裏』ね。簡単に言えばこの舞は剣術なんだから相手がいて初めて成り立つの。今見せた蓬莱の舞・表で薙げば、裏はそれを避ける。裏が突けば、表は逸らす。ま、裏は表より何倍も難しいから習得しようなんて思わないでまずはぼんやりイメージできればいいわ。じゃ見てなさい」

「……おう」

　裏の舞。さっきの舞が表だったたってことは俺の立ち位置が表の舞ということだろう。正面で先程とはまったく別の舞を始めたエレナを見て、少し離れた位置で表の舞をそれに合わせてみる。

「薙ぐ、逸らす、引いて、払う、避けて……」

　表の舞の動きは覚えているからなんとかイメージしながらエレナの動きについていけている。なるほど、たしかにこれは二つで一つだ。

「はい。これが――」

「もう一回。次は実際に俺が表で合わせてみる」

「はぁ？　イヤよ。アンタみたいな滅茶苦茶な舞に合わせたらこっちまで変なクセが――って、クッ」

ごちゃごちゃうるさいから勝手に始める。まずは鼻の先を掠める。と言っても向こうが避けるのを見越しての薙だからエレナが避けなかったら普通に頬にぶち当たってた。

「危ないわ、ねっ!!」

「逸らす」

エレナの突きを逸らした。そしてすぐにエレナは間合いを縮め、大上段から袈裟に一閃。すり足で引いてそれを避ける。なるほど、これは楽しい。

「足元を払うっ」

「タイミングが遅いっ！　引きながらしゃがんで私が振り下ろしきる前に払い始めなさい！」

エレナは放った足元への一振りを跳んで躱しながら早口で捲し立ててくる。それからくるりと身体を回転させ、遠心力を乗せた胴への一閃。俺は木刀を盾にし、

「グッ!!」

「弱っちぃ足腰ね！　女の子の一撃でふらつくなんて恥ずかしくないの!?」

「うるせーゴリラ女」

たたらを踏みながらもなんとか体勢を整えると次はこちらの連撃だ。袈裟、逆袈裟、右切り上げだ。

「チビの攻撃ほんっと軽っ～」

木刀を弾き飛ばしてやろうとめちゃめちゃ力を込めて打ち込んだが、むしろこっちの手が痺れて肩に痛みが走っただけだ。

「神経回路が未熟ね。力みと緩み、固定部位と弛緩部位をきちんとコントロールできないから威力も出ないし、速度も遅いし、身体に変な負担が掛かるのよ。はい、後は自分で鏡見ながらゆっくり丁寧に型を――」

「もう一回だ」

「……話聞いて――クッ。……あぁぁぁ、もうっ!! いいわよ、アンタが這いつくばって動けなくなるまで付き合ってあげるから後悔しなさい」

「へへ、さんきゅ」

自分一人で型の練習をするよりよっぽどコツを掴めそうな気がした。そして何より誰かと剣を合わせながら稽古するのがこんなにも楽しいと気付いたのは初めてだった。その相手がエレナってのは少しだけ、いやかなり不満が残るがまぁ文句は言わないでおこう。俺は強くなる。剣も魔法も極めてこの国最強の男になるんだ。

「へぶっ」

「余計なこと考えてたでしょ？ 只でさえ動きがお粗末なんだから集中くらいしてよ。ほら、始めから、来なさい」

「……おうっ！」

こうして俺は本当に床に這いつくばるまでエレナと剣術の訓練をした。で、丁度動けなくなったところで、

「レオ、お前何寝てるんだ？」

「……せんせー、か。剣の修行して起き上がれない」

せんせーが現れた。

「そうか……。まぁ今日はレオじゃなくてエレナだからそのまま休んでていいぞー。というわけでエレナは魔法の練習だ」

「はい、先生。よろしくお願いします」

というわけらしいので寝転がってる俺の横でエレナとせんせーが魔法の訓練を始めたのだが、

『敏捷倍加(アジテ・イクス)』。そうだ、その状態を維持したまま剣に『硬質化(ソリド)』を掛けるんだ。よし、じゃあ俺が魔力弾を撃つから、避ける、もしくは弾くんだ。もし攻撃する余裕があるならしてきていいぞ？」

「はいっ」

エレナは二音節の身体強化魔法を使いながら、武器に硬化の魔法まで付与していた。それを維持したませんせーの放つ魔力弾を避けたり、弾いたりしている。あれだけの速さ、あれだけの量の魔力弾を撃たれれば慌てたりしそうなものだが、冷静に剣術の動きをしている気がする。

「よし、一度呼吸を整えようか。それにしてもエレナすごいじゃないか。強化魔法を維持できる時間も飛躍的に伸びてきたな」

「……ふぅ。ありがとうございます。先生の指導のおかげです」

十分くらいだったかな。結局エレナはまともに食らうことはなかった。まぁ逆にせんせーに一撃を入れることもできなかったけど。

「……おいエレナ。それ考えながら動いてんのか？」

「……当たり前でしょ。そこらへんの魔獣だって考えて戦ってるわよ」

「ふーん。どんな風に考えてんだ？」

「……るさいわね。クセとか呼吸とか次の攻撃の予想とかどうされたら相手がイヤがるかとかよ。アンタ今まで組み手の時何考えてたの」

……何も考えていなかった。型の訓練をしたり、組み手をしてればその内反射的に身体が動くようになると思っていた――なんて言えない。なので、

「……フッ、その程度か。俺の想定の範囲を越えられてないな」

「はい嘘ね。アンタの嘘つく時のクセは分かってるから」

ハッタリをかましたのだが速攻で見破られた。俺が嘘をつく時のクセだと？

「なんだよソレ教えろよ……」

「教えないわよバカ。でもこれで今嘘をついてたのは自白したようなものね。ま、別にこんな下らないことどっちでもいいんだけど」

「んだとっ、このまな板――」

全身鉛のように重い体を持ち上げ、エレナに突っかかっていくのだが、

「そこまでだ。お前らは本当に口を開けば喧嘩して……。レオも元気が有り余ってるなら魔法の訓練を一緒にやれ。進級試験の『筋力増強（ムスクル）』できなきゃ困るだろ。ほれやってみろ」

せんせーに後ろ襟を掴まれて吊るし上げられた。

「……む、分かったよ。でも俺まだ一回も『筋力増強』成功させたことないんだけど？」

一応ぶんぶんと手足を振って抵抗を試みるが抜け出せるわけもないので、渋々エレナへの文句を引っ込める。

「そりゃ本回路ができる前だろ？　今ならできるさ。そうだなぁ……よし、じゃあ『筋力増強』が成功して維持できてる限りレオはエレナに打ち込み練習をしてよし。その際エレナは反撃なしで受けるか避けるかだ」

「っしゃ!!　せんせーいいのか？　おい、エレナ駄々こねてやめて下さいって言うなら今の内だぞ！」

「バカじゃない？　アンタの攻撃なんて今まで一度もまともに食らったことないし、ちょっと攻撃が重くなったくらいで私に当てられると思ってるなんてホントバカバカのバカの極みよ？　みじめな思いをすることになるんだから逆にやめて下さいって言ったら？」

「んだとっ!!　いでっ!!」

「口喧嘩はやめろと言ってるだろバカモノ。お前ら折角良いライバルになれる相手がいるんだから切磋琢磨しろよ……」

「「…………うげぇ」」

「……ハァ。道のりは長そうだな。まぁいい、じゃあ訓練始めるぞー。あとレオ、お前がエレナに対して悪口言ったらその時点で今日の訓練は終わりだ」

「えぇー、俺だけかよ!! ずりぃじゃん!!」

「……エレナはお前が突っかかってこなけりゃ自分からわざわざ喧嘩を売りはしないからな。な?」

「……はい」

「うわー、見ろよせんせー。あいつ気まずそうじゃん! ていうか実際俺からじゃなくて喧嘩売られたことだって何度も――」

「あぁうるさいうるさい。じゃあどっちかが文句を言った時点で俺はもう帰る。分かったなら真剣にやれ。いいな?」

「「……はい」」

「よろしい。じゃあレオ、『筋力増強』を唱えてみろ」

「ん。ふぅー……『筋力増強』」

今までは何度唱えてもなーんの反応もしなかった『筋力増強』の魔言を唱える。でも今までと違って魔力を操作できてる実感はあるし、魔法陣も描いてる感覚があった。結果としてせんせーの言った通り魔法は成功したみたいだ。全身が魔力でうっすら覆われた……気がする。

「……せんせー」

「あぁ、大丈夫だぞ。レオ上手くできている。それが一番基礎の身体強化魔法の『筋力増強』だ。魔法と剣を使うなら長く付き合っていく魔法だ」

「うしっ!! へへーん、エレナどうだ。これが俺の強化魔法だ!!」

「……アンタよくそんなヘボヘボな『筋力増強』で見栄が張れたわね。あ、先生。これは悪口ではなく事実の指摘です。ま、初めての魔法ならそんなものね。私がお手本を見せてあげるわよ。『筋力増強』」

エレナが魔法を使うと確かに俺よりはっきりと魔力が全身を覆っているのが分かるし、魔法の発動の速さも全然違う。悔しいが言うだけのことはある。

「……ふん。俺はこれから伸びしろしかないからな。精々油断してろ」

「アンタなんか眼中にないし。あと伸びしろとかそういうの自分で言わない方が良いわよ。あ、先生、これは悪口ではなくアドバイスです」

「……もういいから始めてくれ。訓練が始まれば無駄話なんてしないだろ？ それともフィーガル流はぺちゃくちゃ喋りながら訓練しろと教えられてるのか？」

「「違う（います）！」」

「なら態度で証明してくれ」

「「……お願いします」」

組手の時は必ず礼に始まり、礼に終わる。それが例えコイツだとしても、だ。ま、向こうもそれは同じだから渋々礼をしてくる。さて、

「らぁぁぁ!!」

反撃がないのだから後先考えない一撃を振るっていく。目標はこいつに剣を落とさせるか、待った

を言わせるかだ。

カァン。

小気味良い音がする。普段より重く速くなってる筈の一撃をエレナは涼し気な顔で受け流していく。

「チッ!! だりゃぁぁあ!!」

一切手加減はしない。一撃さえ上手く当てられれば……しかし、

「わっ、っとと」

何度も転びそうになる。エレナは反撃できない代わりに躱し方や受け方を工夫することで俺を転ばそうとしているみたいだ。

「レオ、上半身に集中しすぎだ。下半身の方への強化魔法が疎かになっている。あとお前力みすぎだ。もう少し肩の力を抜け」

「……ふぅー、ふぅー」

思った以上に魔法を維持しながら体を動かすのは難しいし、折角力が上がっているのだから、と全力で振るっていた。息が上がる。これならむしろ魔法を使う前の方が強かった気がしてくるくらいだ。

「構え亥の位。歩法瞬雷、上段斬り下ろし」

「……あん?」

エレナが言ったのはまず最初に習うフィーガル流の基礎の型だ。

「いいから、今言った通りに切り込んできなさいよ」

言う通りにするのは癪だが、ここで違うことをしても逃げたみたいでイヤだ。仕方なく俺は亥の位

に構え、瞬雷で踏み込む。そして呼吸と合わせ上段から一気に振り下ろす。

「そうね。構えは三十点。歩法は十点。斬撃は二点くらいね。で、総合点数は零点よ。あぁ、もちろん百点満点中ね。アンタは体幹も下半身も弱い。だから構えから歩法に移るとき遅いし、歩法から斬撃に移るときブレて、バタバタと落ち着きがなくなる。瞬雷はこう」

剣の間合いの外にいたエレナが一歩踏み込んだ……のだと思う。その一歩を目が捉える前に俺の懐にはエレナが潜り込んでいた。

「っく!!」

攻撃されないと分かっていてもこんなゼロ距離まで入られたら反射的に遠ざかりたくなる。バッと後ろに跳ぶ。だが、その跳んだ瞬間にエレナは低い姿勢のまま突進してきて胸倉を掴むとそのまま足を払って押し倒してくる。

「ぐっ。てめぇ反撃は――」

「うるさいわね。こんなの攻撃でもなんでもないわよ。それに無抵抗な女子に対してムキになってキレるとか私だったら恥ずかしくてできないわね」

「……ッチ」

「そこまでそこまで。相変わらずエレナは強化魔法の維持も使い方も上手いし、元々の身体の使い方も上手いな。文句なしだ。で、レオ。お前はエレナが言った通り下半身が弱いし、体幹もブレブレ。強化魔法は初めて使ったんだから当然それも下手だわな。でも自分で言った通り伸びしろはあるぞ。エレナは強いが女子だ。守ってやれるくらい強くなれ」

せんせーはエレナをべた褒めした後、俺のことをボロクソに言って最後にコイツを守れなんて言ってきた。それも笑いながらだ。反射的にふざけるなと思ったが、しかし考えてみればエレナが『レオ助けてぇ』と泣きついてきたらどうだろうか。ふむ、完全に俺の勝ちってことだよな。

「フ。そうだな、まぁすぐにエレナなんか追い越して強くなってやるからそん時は守ってやるよ」

「先生もういいですか？　自分の訓練をしたいので魔法の指導をお願いします」

無視された。マジで可愛げがない。こいつ本当に女子か？　ゴリラかなんかじゃないだろうか。

ギロリ。

「ヒッ!!　な、なんだよ!!　急に睨むなよ!!」

そんなことを心の中で考えていたら急に睨まれた。

「別に。ただなんか失礼なことを考えていそうだなって思っただけよ」

なぜか心の中を読まれていた。顔には出していないつもりだったが、恐ろしい……。

「ハハ、レオ覚えておけ。マジで女性という生き物の勘はヤバい。あ、そうだ。下半身と体幹を鍛えたいならヴァルに教わるといいぞ。あいつの安定感はすごいし、長年生きてて様々な武術に触れてるから俺やフェイロ先生とはまた違ったいい勉強になると思うぞ」

「カルナヴァレルさん……？　えぇー、俺苦手なんだよなぁ。なんていうか普通に怖いし」

苦手な理由は単純だ。オーラが半端なくて怖いってだけ。

「ほう。我が苦手だと？　奇遇だな我も小僧、貴様が苦手だ」

「え、げっ、カルナヴァレルさん……。え、いつからそこに……、あと苦手って……」

「暇つぶしに最初から眺めておったわ。で、我が小僧を苦手な理由……それは我が弱い男が嫌いということだ。この家に住んでる以上、視界にチラチラ入る小僧が弱っちいことにイライラしていたのだ。というわけでイライラしない程度に我が育ててやろう。ジェイド、小僧は連れていくぞ」

「ん？　あぁ、いいけど明日も学院あるからそれまでには帰ってこいよ？」

「え。ちょっとせんせー、勝手に――」

「フン、心配するな。我は次元竜ぞ？　ここより時間の流れの遅い次元に連れて行けば良いわけだ。では行ってくる」

「ん。まぁ一応言っておくが死なせないように。レオ頑張ってこいよー？」

「は？　え、マジ？　ちょ、うわぁぁぁあああ」

そして俺の意見など一切聞く耳を持たないカルナヴァレルさんとせんせーの話し合いの結果、俺はむんずと掴まれ次元の穴へ放り込まれたのであった。

☆

「みんな、おはよー。出席取るぞー。全員いるな、お、レオ無事帰ってこれたか。ちょっと……どころじゃなく雰囲気変わったな？」

「……一年」

「ん？」

「みんなからすれば一日ぶりだけど俺は一年ぶりだ……。ま、おかげで剣も魔法も修行できたから文句はないけど、みんなより一つ年とっちまったのは複雑だわ」

レオが変なことを言い出したと思ったが、なるほどヴァルが時間の流れの遅い次元と言ってたのはそういうことか。まさか一年も修行してくるとは思わなかったが。それにしても驚いた。明らかに魔力の質や筋肉の付き方が変わっている。それに醸し出す雰囲気も昨日までのレオとは大違いだ。

「そうか……。何があったかは放課後聞かせてくれ。よーし、授業始めるぞー」

できることならこの伸び盛りのレオを俺が育ててやりたかったがヴァルにかっさらわれてしまったようだ。一体どんな修行をしたのやら。レオからの話を楽しみにしながら授業を進め、放課後になればフェイロ先生の家へ向かう。

「お邪魔しますー。あ、フェイロ先生いつもお邪魔してすみません。今日はレオに用があって」

「フフフ、私もレオの変化には驚きましたよ。まさかカルナヴァレル氏がこんなに熱心に指導してくれるとは思いませんでしたから」

「そうなんですよ。それで、その件でフェイロ先生にも謝らないと、と。軽い気持ちでヴァルに連れていかせたらまさか一年も修行してくるなんて思わなくて……。変な癖とかついていないですよね……」

「多少色々なものは混ざってますが、しっかりウチの剣士として育ってました。それにあれは……、いえ、そんなわけがないと思うんですがね」

「……？　そうですか、それは良かった」

フェイロ先生は含みのある言い方をしたが、怒っている様子はなかった。レオは俺の生徒でもあるが、同時にフェイロ先生の内弟子だ。レオが一年もの間修行してきたと言ってきた時にはフェイロ先生に勝手にそんなことをして、と怒られるのではないかとヒヤヒヤしていたが。

「ですが……そうですね。次からは声を掛けて下さるよう氏には伝えましたけどね」

「……すみませんでした。私も気を付けます」

と、怒られずに済んだとホッとした瞬間に釘を刺された。今後は気を付けよう。

「で、レオは今どこに？」

「いつものとこですよ」

「まぁそうですよね。ということはエレナさんも一緒ですよね。一年もここを離れていたのだから再会すれば……」

感動もひとしお……とはなっていないんだろうな。多分、いや絶対。というかむしろ――。

「おい、エレナ。残念ながらもう俺はチビでもないし、強く――いや、強くはねぇな。ま、昨日から比べたら多少強くなったとは思うんだが、どうだちょっと組み手でもしないか？」

「ふーん。確かに背はちょっと伸びたけど、まだ私より低いんだからチビはチビね。それで一年修行しただけで随分余裕ある態度じゃない。私に勝つつもり？　私が何年剣を握ってきたと思ってるの？その天狗になった鼻ポキッと折ってあげるわよ。感謝しなさい」

ほらな。絶対こうなると思ったんだ。

「あ、せんせーと師匠」

「おう、来たぞ。一年経ってもエレナに対しては相変わらずだな。レオ、一年前に俺が言ったこと覚えてるか？」

「……フン。エレナ、お前が泣きついてきたら俺が守ってやるよ」

どうやら覚えていたようだ。そしていつの間にか隣には、

「おい、ヴァル。明日の学院に間に合うならいいと言ったのは俺だが、まさか一年も訓練するとは聞いていないぞ？」

「仕方なかろう？　レオを最低限育てるまでに一年かかってしまったというだけだ。これでも最低限で我慢したんだぞ？　むしろよく我慢したと褒めてほしいものだ。ま、あと十年我と修行していたら、ジェイド、貴様やフェイロを超えられたかもしれなかったんだがな」

「ふむ。ま、ヴァルがそう言うならハッタリではないんだろうな。そうか、まぁ百聞は一見に如かずだな」

「そうですね。師としての喜びは弟子が師を超えてくれることですから。まぁそれにはまだ少し教え足りなかったので一年で返してくれたことには感謝しますよ」

レオもヴァルと呼んでいたし、ヴァルもレオのことを小僧ではなくレオと呼んでいた。どうやら随分熱心に修行してきたようだ。昨日まではエレナにまったく手も足も出なかったレオがどうなっているか楽しみである。

「いっち、に、さん、し、と。……で、エレナ強化魔法は使っていいのか？」

レオは昨日までと違い余裕と自信を持ってそう尋ねた。

「ご自由に」

エレナはいつものようにつまらなそうにそう答える。

「そうか、じゃあ使うわ。あぁ、あとお前も使っておかないと話になんないと思うぜ？」

「いちいち言い方がムカつくわね。アンタの強化魔法見てから使うかどうか決めるわよ」

「そうか、じゃあ遠慮なく……『炎竜変幻――序』」

レオは魔言ではなくそう唱えた。だがそれで正しいようで、両手からは魔法陣が生まれ全身に紅いオーラが立ち昇る。

「……おい、ヴァル。あれはなんだ」

「ん？　竜魔法をレオが唱えられるようアレンジしたものだが？」

どうやら竜族オリジナルの魔法らしい。こちらの世界の魔力を使ってはいるが、その発生機序や魔法陣の構成は全くの別物のようで一体どんな魔法かは分からない。分かるのは、あれがハッタリではないということくらいだ。

「……『敏捷倍化(アジテ・イクス)』、『硬化(ソリド)』」

エレナもそれは分かっているようで、変な意地を張らず自身と木刀に対して強化魔法を使った。こういった場面で柔軟に対応できるエレナは優秀だと言えよう。

「「よろしくお願いします」」

そして組手は静かに始まった。どうやらエレナは見(けん)に徹するようだ。静かにレオのことを睨みつけ、僅かに切っ先だけを動かし、牽制をしている。

「亥の位、瞬雷、上段斬り下ろし。いくぜ？」

「……どうぞ」

レオはそんな牽制など意に介さないとばかりに初手を宣言した。それは昨日の組手でエレナに通用しなかった攻撃だ。今までであればレオの表情は切羽詰まったようなものであったが、今日に限っては誰かさんみたいにどこか嬉しそうな笑みを浮かべている。

「ん？　なんだジェイド。我の顔に何かついているか？」

「いーや、まさかレオをお前に取られるとは思っていなかっただけだ」

「？　なんだそれは」

「いや気にするな」

そんな風に余計なことを言っている内にレオが動いた。

（速い……）

明らかに昨日までのレオの動きじゃない。構えから歩法に移る初動の入りが上手い。五メートル程の距離を僅か二歩、瞬き一つで詰めた。

「……フッ!!」

そして僅かな呼気とともに一撃を振り下ろす。まるで刀身が燃えてるかのように僅かな陽炎を立ち昇らせる裂帛の一撃だ。エレナは咄嗟に頭の上で剣を横にし受け止める。

（レオの奴、戦い慣れしているな……）

エレナは受け方も非常に上手いため、普段なら真っ向から受け止めず斬撃を逸らして避けるのだが、レオの斬り下ろしはそれを逸らさせないよう上手く力を拮抗させているようだ。まさかこんな技術を身に着けているとは……。

そして耐え切れなくなったエレナは左手で刀身を支えてしまった。

「足元が隙だらけだな」

レオは瞬時にしゃがみこみ、懐へ潜り込むとエレナの足元を蹴りで刈り取る。重心を崩されたエレナは跳ぶに跳べず、引くに引けず、その強烈な下段への蹴りを受けてしまい、しりもちをついてしまう。

「ほい、俺の勝ちだな。どうだ？　強くなったろ？」

そんなエレナに対してレオは手を伸ばしながら嬉しそうにそんなことを言った。

「……ぐぬぬぬぬ」

それに対しエレナは下唇を噛みながら、レオを睨み――。

「え、おい、は、お前泣くとかズルじゃんか！　あう、せんせーどうしよう？」

ボロボロと涙を流していた。女子が泣いたときの対処法？　そんなのが分かったら俺は多分宮廷から追放されていない気がする。

「あー、フェイロ先生？」

「フフ、元々エレナは泣き虫ですから気にしないで下さい。でもそうですね、エレナの悔し泣きも久しぶりではありますね。たまには娘の涙もいいものです」

どうにも困ったのでフェイロ先生に頼ったら暢気にそんなことを言う始末だ。ヴァル？　多分俺よりダメな気がする。

「……パパ、修行する」

「そうだね。修行しようか」

「うん……」

俺たちがどうしたものかと困っていたらエレナは自分で立ち直り、フェイロ先生と鍛錬場を出ていってしまった。

（どうすんだよ、この空気……）

「あー、とりあえずレオおめでとう。いや、本当に強くなったな」

「お、おう。まぁな……」

「フン、我が一年も見てやってそこらの小娘に負けたらそれこそ半殺しよ」

「……ほんとヴァルはどんな時も平常運転だな。レオ、分かってるとは思うけどその強さに驕ってつまらない人間になるなよ？　あとエレナとは仲直りしておけ」

「……分かってるよ」

さて、その分かってるはエレナと仲直りも含まれているかは少しだけ疑問だったが生徒を信じるのも教師としては大事なことだろう。こうしてレオは思いがけずレベルアップしたのであった。

さて、そんなこんなで努力クラスの生徒たちが魔法を使えるようになってきて順調に授業が進む一方でベント伯やエメリア、陛下の尽力もあり原始の魔法使いの情報が届く。

「案内人……ですか？」

「そうだ。原始の魔法使い、災厄の魔女と呼ばれるヨドを信仰する教団「原典廻帰教（オリジン）」が墓地を聖域として管理しているとは噂で聞いていたが、どうやらそれが真実であり、幹部のみその場所を訪れることができると聞いた。そして今回その幹部の一人と交渉し、引き入れることに成功した」

学長室でベント伯からそう説明を受けた。話を聞いてまず思ったのが何から何まで胡散臭いということだ。『原典廻帰教』と言えばイカれたカルト教団であると有名だし、その教団が聖域と崇めた墓地を果たして本当に幹部が案内してくれるというのだろうか。

「……ふむ。ジェイド先生の不安も当然のものだろう。原典廻帰教と言えば闇ギルドとも繋がっていると聞く。そしてその心酔ぶりは正に熱狂的、狂気的とも言え、その幹部が簡単にこちら側につくかと言えば私自身も疑問が残る。これは恐らくであるが……」

ベント伯自身も怪しいと思っていながらもある程度は真実が含まれていると判断した理由がそこにはあった。やや伝えにくいとばかりに言葉を溜めた後、ベント伯から出た言葉は、

「アマネ君の情報が原典廻帰教に掴まれている」

確かに辻褄の合うものであった。

「……つまり向こうもアマネを捜している、と？」

「そういうことだ。その情報を掴んだということはジェイド先生やエメリア氏、陛下との繋がりも捕捉されている可能性がある。どうしても嗅ぎ回れば足跡が残ってしまうからね。だが逆にこれは牽制

にもなっており、向こうも強硬手段には出てきにくいだろう」

出てきにくい。つまり一教団が三傑や陛下と敵対するのを避けるため無理やり攫うなどの強硬的な手段に出てきていないが、それもできれば敵対したくないというだけであって、今後その手段を取ってくる可能性も十分に考えられるということだろう。

「向こうの狙いは……」

「当然、ヨドの復活だろう」

墓地へ誘い込む理由、信者にとって神に等しいヨドの復活に他ならない。

「行くしかなさそうですね」

「あぁ、後手後手に回って取り返しがつかないことになることだけは避けるべきだろう。墓地へと趣き、ヨドの復活を食い止めて欲しい。後始末は私や陛下の方でも最大限協力しよう」

あちらさんの狙いはヨドの復活。それを阻止したとなれば俺は完全に敵だ。報復される可能性は高い。というよりも確定的だ。当然黙って殺されるわけにはいかないので抵抗する。その後始末はこちらでする、と。つまり、

「……解体しろと?」

「穏便に話し合いが進めば、その限りではないがね」

つい苦笑いを浮かべてしまった。イカれカルト教団である原典廻帰教の信仰対象を奪っておいて穏便に話し合いで済ます。何度も言うがそんな話術があれば宮廷から追放されるなんてこともなかった筈だ。

「承知しました。詳細の説明をお願いします」

「うむ。まず連れていく生徒はアマネ君一人だけだ。そして護衛としてフェイロ先生とエメリア氏を付けよう。こちらは既に了承を取ってある。それとできればカルナヴァレル氏への協力も願いたい。あとはミーナ先生だ」

「……ミーナ先生を、ですか？」

ミーナは確かに魔法の腕もあるし、基礎体力や体術なども一般人に比べれば全然高い。だが、先のメンツでの行動となると話は別だ。

「彼女は聡明だよ。それに君たちは各々が、そうだね……言い方を考慮するのならば個性的すぎる。君たちは戦争をふっかけに行くわけではないのだよ。少しでも平和的な解決を目指すなら彼女は大いに役に立ってくれると思うがね」

「なるほど……」

確かに俺、フェイロ先生、ヴァル、エメリアというチームで動けば平和的な解決案を出せるとは思えない。

「そういうことだ。出立は明後日の夜。馬車を用意してある。ちなみにエメリア氏は前日――つまり明日だな、こちらに来てくれるとのことだ。そして魔帝国に着いたら大聖堂を目指してくれ。そこで案内人と落ち合うことになっている。なに、大丈夫だ。あれ程目立つ建物は他に帝都城くらいしかないからすぐに分かるだろう。そこからは案内人に従い、臨機応変に対応してくれたまえ」

「……はい」

こうしてベント伯に言われるがままに行動することとなる。フェイロ先生とエメリアへは連絡済みということだからあとはミーナとヴァルだ。ミーナに関しては問題ないだろう。こういう場合置いていくと言ってもついてきそうだし。

問題はヴァルだ。実際に付いてきてくれと言うまで返事が予想できない。断られてしまった場合の食い下がり方も出たとこ勝負と言った感じだ。しかし原典廻帰教との戦闘が想定されるならば最強戦力であるヴァルには付いてきてもらいたい。


「というわけでヴァル、魔帝国に付いてきてくれないか？」

フェイロ先生の家の一室、ヴァル夫妻の住む部屋で一人ゴロゴロしていたヴァルに聞いてみた。

「……ふむ。いいだろう」

「ほっ、そうか。ありがとう。話が早くて助かるよ」

意外にもすんなり引き受けてもらえた。もしかしたら退屈をしているのかもしれない。

「あぁ、だが一つ条件がある」

「……条件？」

なんて安心していたらまるでからかうようにヴァルは笑い条件を提示してきた。その条件とは、

「レオを連れていくぞ？」

「……ダメだ」

これまた意外すぎる条件だったが、それは了承できない。レオは確かに強くなったがまだまだもい

いところだ。まして訓練でいくら強くなったところで生きるか死ぬかの覚悟が必要な戦いで動ける筈もない。

「……フン。ま、貴様ならそう言うと思ったわ」

ん？　そこまで食い下がる気はないのか？　しかし完全に納得してる感じでもないな。

「……それにしても、まさかヴァルがそこまでレオを気に入るとは思わなかったぞ」

「あん？　まぁ今までつえぇ奴しか興味なかったからな。弱い奴を育てるのが新鮮だったってだけだ。で、レオを連れていけない理由は？」

「危険だからに決まっている。相手は頭のネジがブッ飛んだカルト教団だ。女子供に対して容赦をしてくれるなんて思わない方がいい」

「ふーん。だが、そうやってぬるま湯ばかりであればいつまで経っても実戦の場になど立てないぞ？」

「……分かっている。だが、それはレオが卒業した後の話だ。自分の身の振り方を自分で決められるようになるまでは教師が守る責任がある」

「……けっ、ついこの前教師になったばかりの男がいっちょまえなこと言うじゃねぇか。まぁいい。どちらにせよ行くつもりではあったからな」

どうやら折れてくれたようだ。レオの件は最初からあわよくば、と言った感じだったのだろう。しかし、言い方が少し気になる。まるで事前に聞かされていたような。

「フェイロ先生か？」

「おう。一見ナヨナヨしてるがアイツは頑固者だからな。レオに勝手に修行をつけた件で大分文句を言われたぜ？　口ではなく〝気〟でな。ま、ここは快適だからな。わざわざ敵対することもあるまい」

「だな。俺も釘を刺された時は鳥肌が立ったからなぁ……。まぁじゃあそういうことなら安心だ。頼むぞ？　あとくれぐれも戦争をしにいくわけじゃないからこちらからは喧嘩売らないからな？」

「フン、分かっておるわ。我だって別に誰彼と喧嘩したいわけではない。ま、面白そうな奴がいたら……」

「だーめーだ。フェイロ先生に追い出されるぞ？」

「……ぐぬぬ。チッ、一応分かったと言っておこう」

「あと、この件はレオとエレナには内緒だからな――」

「分かった、分かった。貴様も小うるさい奴だ――」

「じゃあ出発の日時だが――」

☆

聞いてしまった。ヴァルさんに格闘術の訓練をつけてもらおうかと思って部屋を訪ねたらせんせーの声が聞こえてきたため、息を殺して盗み聞きしてしまった。どうやら俺とエレナには内緒で魔帝国に行くつもりらしい。魔帝国で変な教団と言えば王都で言ってた災厄の魔女の信者たちのことだろう。

（アマネを連れて殴りこみってことだろ……。やっべ、すっげーワクワクするじゃん。それにヴァルさんはいつも実戦に勝る修行はないって言ってたし。……試したいな。今の俺がこの世界でどこまで通用するのか……）

「？　アンタそんなとこで何――」

「シーーーッ」

扉の中に集中しながら考え事をしていたら後ろからエレナに話しかけられた。慌てて口を押さえて、ズルズルと引きずってヴァルさんの部屋を離れる。

「ハァ、ハァ、ハァ……」

トントン。

「ん？」

左手の甲をトントンと叩かれる。エレナの口を塞いだままだった。

「あ、わりぃ」

「……ん」

「ゴハッ……お、お前……。せめて、殴るよとか、言って、から……」

最小限の捻じりだけでコンパクトに折りたたんだ右腕から鳩尾に拳を入れてきやがった。反射的に防御をしそうになったがなんとか耐えた。今のは俺が悪いからこの攻撃を甘んじなければならないし、防いだら余計殴られそうだし。

「で、何してたの」

「あん？　別に。ヴァルさんと格闘術の訓練しようかなと思っただけだ」

「ふーん。その割にはずっと聞き耳立ててたようだけど？」

「っ！　い、いつから見ていた？」

上手く誤魔化したつもりだったが、どうやらずっと見られていたらしい。なんて悪趣味な奴だ。

「アンタを三秒以上見てたら目が腐るわよ。怪しい影が見えたから声を掛けただけ。でもどうやらその反応はやっぱり盗み聞きしてたのね。で、何を聞いてたの」

訂正だ。こいつは趣味が悪いんじゃない、性格が悪かった。エレナにカマを掛けられてヘマをしてしまった。これが実戦なら——。

「ねぇ、その目を閉じてニヤニヤしながら頷くのやめて。殴りたくなるから」

「……いちいち悪口しか言わない女だな。本当に可愛げがねぇ」

「はぁ？　殺すわよ？」

「暴力はんたーい。それに悪いが一年間実戦の場に身を置いた俺はお前よりも強——ゴハッ。ま、まだ喋って……、と、いうか、手速すぎ、る、だろ……」

信じられない。この女、躊躇がまったくない。殺気も闘気もなく只淡々と機械のようにショートフックを捻じ込んできやがる……。

「うるさいわね。いいから言いなさい。これが最後通牒よ。次ふざけたことを言ったら吐くまで殴る」

吐くまで。それは物理的にということだろうか。この女ならあり得る。

「……仕方ねぇな。こっちこい」

「…………」

俺は自分の部屋にエレナを招き入れる。

「……つまらない話だったらアンタに無理やり部屋に連れ込まれたってパパに言うから」

「グッ、このアマ、好き放題言いやがって……。まぁいい、面白いかなんか知らねぇよ。ヴァルさんとせんせーが話していたことを説明するだけだからな。で、その話ってのは――」

仕方ないので正直にさっき聞いた話を伝えることにした。

「ふーん。……なるほど、ね。で、それ聞いてアンタどうするつもりだったの？」

「あん？　んなもんお前には関係――ヒッ、やめろ。ショートフックはやめろ！　言う、言うから！」

流石に三度も食らってやる義理はない。その右拳を腹の皮一枚のところで受け止める。

「……ふぅ。お前ヴァルさんより危ない奴だな。……でー、なんだっけ、あぁ、どうするつもりか、な。そりゃなんとか魔帝国に行って、ここぞというタイミングで合流するつもりだ」

「ハンッ。バカね」

薄ら笑いで見下しながらバカとか言ってきやがった。いっぺん泣かしてやろうかと思ったが、本当に泣かれた時は気まずさしかなかったからやめておく。

「どういう意味だよ」

「魔帝国、それも原典廻帰教の聖地があると言われている総本山は帝都にあるわ。その帝都は他国民の入場規制がすごく厳しいのよ。一定の信用とお金が必要ね。で、アンタにその信用とお金はあるの？」

ないに決まってる。エレナだってそんなこと分かってるだろう。

「いちいち癇に障る言い方しやがって。ねーよ。そんなことも知らなかったくらいだからな」

「でしょ。だから私がしょうがなくアンタを召使いとして連れてってあげる」

「ハァ!?　え、どういう風の吹き回しだよ……」

これには驚いた。エレナはこういう無茶なことはしないタイプだと思っていたからだ。

「うるさいわね。アンタは黙って『ありがとうございます。お嬢様ァ』って言ってればいいのよ」

「え、きも。ハッ！　それは予想済みだっ！」

エレナが声色を変えて俺の真似とは到底思えない気持ち悪い声を出したから正直に感想を言ったまでだ。当然その瞬間にショートフックが来ることは予想できる。今度は先ほどより余裕をもって受け止めるが、

「ガッ……、左は、聞いて、いない」

エレナはエレナで右が受け止められることを予想していたようで、一瞬油断した俺の右脇腹に左のショートフックをねじ込んできた。こいつ剣より格闘術の才能の方があるんじゃないだろうか。

「私だってアンタに触れるのイヤなんだから殴らせないでよ」

「……そりゃ悪うございました。もういいから聞かせろよ。なんでイイ子ちゃんのお前が？」

俺がそう聞くとエレナは少しだけバツが悪そうに視線を下へと向け、

「強くなるために何が必要か考えた結果よ……」

そんなことを言った。

「ふーん……。ま、いいけど。で、お前はその金と信用があるのか？」

興味本位で聞いてはみたものの魔帝国に行けるなら別にエレナの事情などどうでもいい。大事なのは偉そうに講釈垂れたコイツが魔帝国に入る手段を持ってるかどうかだ。

「そうね。お金はあるわ。信用は現時点では難しいわね」

「はぁ？　なんだよ、あんだけ偉そうに言っておいてお前も入れない――」

「うるさい。話はちゃんと最後まで聞きなさい。現時点ではと言ったのは私とアンタの二人だけじゃ無理って話。私は公式には身分なんてないし。だからもう一人公式の身分を持っている人物を連れていく必要がある」

「……それ誰だよ」

「それは――」

☆

「えっくしょい!!　ふぅー、まったく冬というのはなんでこんなにも寒いのだ。いや、だからこそ肌と肌を温め合う大切さを教えてくれると言うものか。ハァ……、ミーナ先生、貴女の白く透き通った肌はさぞ冷たく凍えておることでしょう。私が温めて、その心ごと溶かしてあげたい……。どうだ、ネネア、これならミーナ先生もとろけてしまうだろ？」

暖炉の前で身を震わせながらうっとりしているこの男こそフロイド＝カービン。私の雇い主である。

「フロイド坊ちゃま。大変気色悪うございます」

フロイド坊ちゃまは子爵家の三男、貴族である。当然平民の侍女たる私は敬意をもって接することとなる。

「なん……だと？　わ、私が気色悪いだと!?　それと坊ちゃまはやめろと何度も言っているだろうが！」

なんと怒られてしまった。これは失敗である。てへ。どうやら誤解があるようなので丁寧に説明をするべきだろう。

「ハッ。失礼しました。しかし、主が自覚できていない短所をそっと気付かせてあげるのも侍女の役目かと思いまして。あ、あと結婚して一人前になるまで坊ちゃまは坊ちゃまですので」

「ぐぬぬぬぬぬっ、なんと生意気なっ!!　お前などク――――」

坊ちゃまは更に激昂されてしまった。そして禁断の一言を言おうとしたため、人差し指をピッと立て、その言葉を封じる。

「いいのですか？　カービン家の主要事業七の内、私が坊ちゃまの代わりに責任者になっている事業は四つ。さて坊ちゃまがカービン家で肩身の狭い思いをしていないのは……。それにミーナ様の情報収集も――――」

「あぁぁぁあああ、分かっているからそれ以上は言うな!!　簡単にクビになどせん！　言葉の綾だ！」

「ホッ。そうですか、安心しました。てっきり子爵家侍女をクビになったんで、王都へ上京し宮廷のメイド長になりますというところでした」

まぁ本当にクビになったところで物語のように上手く行く筈もなかろうが、もしかしたら私が育てた侍女が宮廷にいればコネで入れてもらえるかもしれない。

「……ぐぬぬ、えぇい、お前と話しているとくたびれる。で、ミーナ先生の新しい情報はないのか？」

「あ、そう言えば先日うちの店に来ましたよ」

「何っ!? カフェ・ド・ラ・バリエールにか!?」

「はい」

目をカッと見開き、にじり寄ってくるその姿は控え目に言っても生理的に無理な部類に入るため、同じだけ後ろへと下がる。

「そ、それで誰と来たんだっ？ ま、ま、まさか奴とじゃ――」

「いえ、安心して下さい。ジェイド様ではありませんよ。スカーレット様とです。あとそれ以上近寄った場合それ相応の対応をしますので」

壁際まで追い詰められてしまったので忠告をする。いかに主と言えど生理的に無理なものは無理なのである。

「……お前は本当に私に対して敬意がないよな。まぁいい。スカーレット先生なら安心だ。彼女であれば悪い虫も追い払ってくれるだろうしな」

実際はスカーレット様は悪い虫を追い払うどころか興味本位に戯れようとしていたのをジェイド様が追い払ったのだが。まぁそれを言うとまた面倒くさいことになりそうなので黙っておく。

「ハァ……。それにしても折角普通クラスの担任になって、ミーナ先生と二人三脚で頑張っていくつもりがなんで……。それに課外授業とかいう詭弁を使い、王都旅行だと⁉ 職権乱用甚だしい‼ あぁ、何故学長はあんなもっさいインケン根暗男を好き勝手にしているのだ。私もミーナ先生と旅行に行きたい……」

詭弁も建前もない只の欲望を口にする我が主。ミーナ様はジェイド様が好きなのは明らかなのだから早く諦めて欲しいものだ。そしてそんなカービン家の日常に珍事が起こる。

コンコン。

「失礼します。ネネア様、坊ちゃまに会いたいというお客様が来ております」

来客応対の当番にあたっていた侍女が客の来訪を告げに現れたのだ。

「分かりました。私が参りましょう。坊ちゃま少々席を外します」

「……うむ」

誰だろうか。こう言ってはなんだが坊ちゃまへの来客は少ない。かなり少ない。だから私が日々お相手をしているのだが、今日はそのお役目が御免になるかも。

「お待たせいたしました。どちら様でしょうか？」

「エルム学院騎士科一年のエレナと申します」

「同じく魔法科一年、レオ」

これは珍客だ。今まで学院の生徒が訪ねてきたことなどなかったのだから。二人ともこの年齢にしてはかなり強いようだが暗殺者特有の臭いはしない。であれば……。

「カービン家侍女のネネアと申します。どうぞ、お入り下さい。案内いたします」

「ありがとうございます。失礼します」

「お邪魔しまーす」

通してしまえ、だ。さて、二人の用件が非常に気になる。つまり私は好奇心で主の確認を取らず客を通したのだ。当然、これは——。

「ネネアッ、何を勝手に招き入れている！」

怒られる。反省だ。反省の態度を見せなければならない。

「申し訳ありません。坊ちゃまを慕う生徒の来訪が嬉しくて、嬉しくて、そうですよね、お二人とも？」

「……え、あ、はい。そうです……」

「えー、俺別にもががががが」

エレナ様ナイスです。

「はぁ……。もういい。で、なんの用だ。って、お前は努力クラスの……確かレオだったな」

努力クラス。ジェイド様が担任となり、ミーナ様が副担任になったラブラブなクラスですね。教室で二人がどんな風にイチャイチャしているのか非常に気になるところなので、いつかこっそり教えてもらいましょう。

「フロイド先生、用があるのは私です」

「ん？　学院で見たことはあるような気がするが……」

「一年騎士科のエレナです。さて、担当直入に言います。私たちの引率として魔帝国に付いてきてほしいんです」

これは驚きだ。坊ちゃまも急なことで思考が追い付かないのだろうか、目が点になっている。

「ふざけ――」

「これを」

ようやく思考が追い付いたようで、とりあえず怒鳴っておこうというタイミングでエレナ様はそれを制するかのように何かを差し出した。うちの坊ちゃまと違い、実に堂々とした態度で度胸が据わっている。

「……なっ、これは王家の!?　貴様、これをどこで!?」

「どこでも構わないでしょう？　大事なのはこれが本物で、私が本物かどうか、ではないです？」

差し出したのは盾の形を模したバッチだ。坊ちゃまは何度も裏返したり、と入念に調べている。

「本物だな……。魔法科の教師であり貴族である私が間違う筈もない。まさか、これを発動できるというのか……？」

発動？　魔道具になっているということだろうか。確かにバッチの裏には小さな魔法陣が刻まれているが。しかし、この程度の魔法陣でここまでビビるということは余程恐ろしい効果が表れるのだろうか。

「ええ。もちろん」

坊ちゃまからそれを返してもらうとそのままエレナ様は手の平にのせ、魔力を流し込む。何が起こるかと期待したのだがなんてことはない。バッジが七色に光るだけだ。

「なっ、なななななっ、なんっ、だ、と……あ、あり得ない」

だが、その効果は抜群であった。坊ちゃまは演技ではなく驚き、慄き、震えている。

「エレナ？　聞いたことがないっ。そんな王族の者は聞いたことがないぞ!!」

王族？　坊ちゃまは一体何を言ってるのでしょうか。

「すみません。坊ちゃま説明をお願いできますでしょうか？」

「……それは王族に類する者だけが発動させられる『王家の御璽（みしるし）』と呼ばれる魔道具だ。王家の人間であるかどうかはその魔道具だけが決められる……。それは絶対だ……。つまりここにいるエレナ……様は王家の人間ということだ」

まぁ、なんということでしょう。王族の登場です。確かに普通の学生とは違うオーラが出ていましたが、まさか王族とは。

「聞いたことがないというのはそれ相応の理由があるとだけ。そしてこの件はすぐに忘れて下さい。私は一学生のエレナです、よろしいでしょうか？　それを踏まえた上で先ほどの件ですが、協力して貰えませんか？　ジェイド先生が私たちを足手まといだと連れていってくれないので。そうなると、この街で頼るべきは魔法の実力があり、貴族として権威のあるフロイド先生のほかにいないんです」

忘れて下さいなどとは詭弁であり、王族の命で黙っていろと言っているようなものだ。その学生とは思えないプレッシャーに坊ちゃまは表情を歪ませることしかできない。そして、なるほど。坊ちゃまとミーナ様との関係を知っているようだ。そこでジェイド様の名前で煽り、そのあと分かりやすく対比しておだてる、と。一応坊ちゃまのことを立てるという意思はあるようです。しかし所詮は子供の浅知恵。いいですか？　うちの坊ちゃまは、そんなおべっか一つで、

「何ぃ、ジェイドだと!?　ま、まさかアヤツ王都に飽き足らずミーナ先生と魔帝国で旅行を!?　いや待て、そうと決まったわけではないな……。一応聞いておくが、そこにミーナ先生は――」

「同行する予定と聞きました」

「――っ!?　フフフフ、良かろう。フロイド子爵家三男であり、魔法科主任の私が引率者を引き受けるっ!!　ネネア、準備をしろっ!!」

「ありがとうございます」

「はい。畏まりました」

簡単に調子に乗ってしまう主なのだ。

☆

「では、また後日。よろしくお願い致します。本日はありがとうございました」

ネネアさんとか言うメイドが門まで送ってくれて、丁寧にお辞儀をしてくる。それにペコリとお辞

儀を返し、歩き始める。フロイドの家が見えなくなったあたりで、

「上手くいったなー」

ぽつりとそんなことを隣を歩く奴に対して呟く。

「私が立てた計画なんだから当たり前でしょ」

隣からはいつも通り自信満々な答えが返ってくる。

エレナが最初フロイドを仲間に引き入れると言い出した時は頭がイカれたかと思ったが、説明を聞いてみたら案外悪くないかなと思えたし、見事エレナの計算通りフロイドを乗せることに成功したわけだからまぁ文句はないいんだけどさ。

「それに予想外の幸運もあったわね」

「ん？」

予想外の幸運？　なんのことだ。

「ネネアさんよ。あの人強いと思う」

「あぁー、確かに。でもネネアさんが強くても弱くても関係なくね？」

「バカね。戦闘になった時、フロイド先生を守ってくれるじゃない」

「……あぁー。フロイド弱そうだもんなぁ」

ヴァルさんとの訓練で魔法師とも戦ったけど正直フロイドからは強い奴特有の威圧感やオーラを感じなかった。あいつのお守りをするのもイヤだからネネアさんは丁度良い。

「それに最悪魔帝国に入った時点でフロイド先生と分かれてもネネアさんがいれば大丈夫でしょ」

「……生徒が教師の心配するのもなんだか違う気がするけどな」

教師と生徒の立場が逆転したようなことを言うエレナに対して苦笑いを浮かべる。そんな時であった。

「あれれー？　誰かと思えば落ちこぼれ魔クラスのアゼル様じゃないか？　しかも一緒にいるのはケンキ殿ではありませんか。剣の腕は良くとも男の趣味は悪いようで」

「……ハァ。うぜぇのと会っちまったなぁ。つかお前、剣の鬼なんて呼ばれてんのか？　ピッタリじゃねぇか」

「珍しく同感ね。あとふざけたこと言うと殺すわよ。剣の姫って書いて剣姫らしいわよ。ま、どっちでもいいし、どっちにせよ認めたつもりはないけど」

アルマとその取り巻き二人だ。相変わらず見下すような言葉と笑い方で突っかかってくる。当然、相手するのも面倒くさいので無視して通り過ぎる。

「おい待てよ！　アルマ君が話しかけてるだろ！」

「そうだ、生意気だぞ！」

ネッツとウージャが回り込んで道を塞いでくる。

「おい、そうだぞドチビ？　俺様が折角丁寧に話しかけてやったんだ、感謝しろよ。さて、この前は随分世話になったからな。お陰で父上と母上からひどく怒られたよ。お礼をしたい。どうだい？正々堂々と組み手でもしないか？　それとも彼女の前で無様に負けるのはイヤかな？　だったら逃げてもいいが？」

アルマのその言葉に打ち合わせでもしていたかのようなタイミングでネッツとウージャが大げさな笑い声をあげる。

「あぁー、うるせー、うるせー。いいよ。正々堂々の組み手なら相手してやるよ。んで、俺が勝ったら今後こいつを彼女とか二度と勘違いすんな」

どうせここで無視してもまた突っかかってくるだろう。で、あれば早めに済ませた方が良い。それに、

（こいつこんな弱そうだっけ？）

前に見た時より随分弱そうに見える。

「レオ？　私はアンタの彼女じゃないし、勘違いしてほしくないのは同感。でも、アンタからそれを言うのはすっごくムカつくからアルマの次は私が相手してあげるわ」

「……なんでだよ。お前だって勘違いされるのはイヤだろうが……」

なぜか隣からもめんどくさいことを言われる。訳が分からん。

「あぁぁっ!!　てめぇら俺様を無視してイチャついてんじゃねぇよ!!　なんならまとめて相手してやってもいいんだぞ!!」

そうだった。もっと面倒くさい奴に絡まれている最中だった。こっちを先に済まそう。エレナと目を合わせるとどうやら同意見らしく、相手をしてやれと目で言われた。

「悪かったって。ほら、俺が相手だ。いつでもかかってこいよ」

俺は背中の剣を抜き、肩にのせる。

「……ほぅ、剣を抜いたな？　体術だけで相手をしてやろうと思ったのに、お前から抜いたんなら仕方ない。お前のナマクラと違って俺の剣は刃引きしていないぞ？　不慮の事故で腕の一本や二本千切れ飛んでも文句は言うなよ？」

「……言わねぇよ。そうなったら所詮それまでの男だったってことだ」

「ヒュ〜。彼女の前だと威勢が違うな、ドチビ。またいつぞやのように泣いて後悔しろ」

「何、アンタ、アルマにいじめられて泣いたの？　え、だっさ」

「ぐむっ……。昔の話だ。あぁーいいから早くかかってこいよ！」

もうそんな話は忘れた。俺はエレナから距離を取ってアルマと対峙する。

「ネッツ!!」

「はいっ。では、組み手……はじめっ!!」

アルマがニヤリと笑いながら斬りかかってきた。口ではあぁ言ってたが殺す度胸はないようだ。むしろ本当に殺さないよう遠慮している分、まったく気が乗っていない一撃である。

「んだよ。口だけか、よっ！　っと」

俺はその一撃を下から掬い上げるように弾く。散々イヤな思いをさせられたからな、これくらいは許してくれるだろ。

「なっ!?」

アルマの剣が半ばから砕け散る。先端はくるくると宙を舞い、地面へと突き刺さった。

「剣が折れたくらいでうろたえるってお前騎士科で何を教わってんだ？」

剣が宙を舞っている間、呆然としており隙だらけのアルマの懐へと潜り込む。今ならどんな攻撃でも倒せそうなので、なんとなく俺はいつもどこかの誰かさんから食らわされ続けてきたショートフックを鳩尾に叩き込んだ。

「ぐぇぇぇっ、かっ、はっ、ぉぉぉぉぉぉ」

「なんだお前これ食らったことないのか？　本家のパンチはこんなもんじゃないぞ？　な？」

「うるさい。黙りなさい」

本家、剣の鬼というか普通に鬼なエレナの得意技で仕留めたわけだが、当のエレナは気に食わないらしい。まったく何を言っても何をしても不機嫌な奴だ。

「『アルマ君っ!!』」

ネッツとウージャがアルマへと駆け寄り、背中をさすりながらうろたえている。一分程うずくまっていただろうか、ようやくアルマは顔を上げた。

「…………てんめぇ。この卑怯者がっ!!　どんなズルを使った!!」

涙を浮かべ、唾を飛ばしながらそう叫ぶ。

「……使ってねぇよ。あー、いや使ったか。一年修行しちまったからなぁー。これはズルかも」

「は？　修行？　一年？」

困惑するアルマ。まぁ突拍子もないことだからな。

「でもま、組み手ではズルなんか使ってないぞ。なんならお前らとやってもいいし」

ネッツとウージャはお互いに目配せをして、首をフルフルと横に振った。

「んじゃ、もういいだろ？　行くな？　あとアルマ。約束忘れんなよ。こいつとは恋人じゃないし、今後恋人になるつもりは一切ない。変な噂立ったらお前が言いまわったと思って、次は俺から組み手を申し込みに行くぞ。もちろん、みんなの前でな」

「なぜかしら。言ってることは納得できるし、私もアンタと恋人になろうなんて気は今後、金輪際、塵芥程も、生まれることはないだろうけど、なんかアンタが先に言うとまるで私がフラれたみたいよね。これってすごいムカつくことなんだけど、どうしたらいいかしら」

「……知らねぇよ。めんどくせぇ奴だな。っと、危ねっ」

右のフックを弾き、左のアッパーが飛んできそうなところでなんとか距離を取ることに成功する。こんなのアルマが食らったら気絶するぞ。俺のなんかより断然容赦ねぇからな。

「チッ……」

流石にエレナも追撃まではしてこないようだ。良いことを知った。今度からは完璧に攻撃を防ぎきってやろう。

「……お、お前らなんなんだよ。き、気持ちわりぃ。おい、ネッツ、ウージャ行くぞ。もうこんなキモい奴らとは関わるのはやめだ」

「う、うす！」

「は、はい！」

そんなことをしていたら、なんだかドン引きした目で見られ、捨て台詞と一緒にアルマたちはサッサと去っていった。

「おい、お前キモいってさ」

「アンタもね」

「……帰るか」

「……そうね」

なんだか後味の悪い取り残され方をして、スッキリしないまま家へと向かう。

「ねぇ」

「ん？」

暫く黙って歩いていたら不意にエレナが話しかけてきた。しかもなんだか神妙な声で。

「アンタ強くなったわよね。変な魔法も使えるようになったし」

「あぁ、竜魔法な？　ま、確かにこの世界にはない魔法だからズルと言えばズルかも知れねぇけど、ちゃんと修行して手に入れた力だからな？」

「分かってる。この前負けたのをズルとか言うつもりはないわよ」

「じゃあなんだよ。いつもみたいにバシバシ言えよ」

てっきり、竜魔法のことで突っかかってくるのかと思ったが、そうではないらしい。エレナは歯切れの悪い言葉で本題を避けているようだ。ハッキリ言ってもらわないと分からない。

「……少しだけ。少しだけアンタがカルナヴァレルさんに連れまわされた時のことが気になっただけ」

「え？　あぁヴァルさんとの修行？　ふーん、ま、別に隠すことでもないし、聞きたいなら話すけど？」

「……聞く」

「そか。じゃ、まぁお前からすれば数日前、俺からすれば一年とちょっと前だな――」

☆

「うわぁぁあああああ」

「ふんっ、騒ぐな小僧。これしきのことで動揺するなど弱っちい奴だ」

俺は方向も温度も時間も目の前に映る空間、何もかもが曖昧な場所で叫ぶことしかできなかった。後で聞いたところヴァルさん曰く次元の狭間という場所らしい。

「いでっ。って、地面？　ここどこ」

どのくらい次元の狭間にいたかは分からないけど、気付いたらそこから放り出されて地面にしりもちをついていた。辺りは夕方から夜に移る瞬間のような薄暗い空で、一周見渡しても草木も生えていない地平線が続くばかりだ。唯一違うのは目の前にある城だけ。人の気配がまったく感じられない巨大で不気味な城。

「フンッ、冥界だ。おい、行くぞ」

「いでっ、あ、はい」

ヴァルさんは呆然とする俺の背中を軽く蹴って急かすと城の中に入っていった。そこにいたのが、

☆

「………」

俺の話を黙って興味津々に聞くエレナ。そこにいたのが一体誰か早く聞きたい様子だ。

「何よ、誰よ。その冥界とかいうとこのお城には誰がいたのよ」

あまりサラッと言うのも味気ないから少しもったいつけていると、エレナは我慢できなくなったようでその先を急かしてくる。

「なんとそこにいたのは……冥王だ、冥王。ちなみにこの冥王ってのは、色んなウチュウだとか世界の死者の魂を管理する人だ。いや人じゃないな、神様だ」

「…………ハァ!?　神様ァ!?　何、アンタじゃあ神様に会ったってこと？」

「おう」

俺は親指を立ててニカッと笑ってみせる。それを見たエレナは天を仰いで複雑な表情をしながらギリギリと歯を噛み締める。どうやら俺が嘘を言ってるのか、はたまた頭がイカれたのではないか、なんて考えているのだろう。

「……で、その神様に会って修行してもらったの？」

「おー、信じたか。ま、嘘は言ってないけどな。で、その質問だが答えは否だ。そこでヴァルさんは
――」

「冥王久しぃな」

「おぉ、ヴァルちゃんじゃなーい。おひさ〜。なになに、人なんて連れてきて珍しいじゃなーい」

「あぁ、最近我の周りで弱いものを育てるというのが流行っているのだ。だからここで殺し合いをして育てることにした。おい、小僧、挨拶しろ」

「え、あ、はい。レオです……。その、よろしくお願いします」

俺は完全にビビっていた。冥王と呼ばれた人物はヴァルさんよりさらに一回り大きく、重厚でトゲトゲしい鎧を全身に纏い、その顔には皮膚も眼球もなく、落ち窪んだ眼窩に深い闇があるだけだ。そんなのを見てビビらないわけがない。エレナだってビビる筈だ。

「あらー、可愛らしいわね〜。よろしくね、レオちゃん。私は冥王ハーデス、気軽にハーちゃんって呼んでね?」

「え、あ、はい……冥王様……」

自然と〝様〟をつけてしまったが、しっくりくる。想像もできないほど自分より上にいる存在だということは分かったからだ。

「うしっ、挨拶は済んだな。つーわけで冥王よ、片っ端からつえぇの寄越してくれ。おい、小僧。お前は今日からひたすら殺し合いだ。心配すんな、相手は死んでるから殺しても死なねぇし、ここならお前が殺されても生き返れる」

「え、は、え……」

まさか本気じゃないよな？　って思ったけどヴァルさんの目と口調は冗談を言ってるようには思えない。

「但し、殺すのには慣れても死ぬのには慣れるな。よーし、じゃんじゃん行くぞー」

「は、はい……」

☆

「……で、アンタ殺し合いしてたの？」

今まで見たことのない引いた目でこちらを見ながらエレナがそんなことを聞いてくる。

「あぁ。殺し合ったな。ハハ……。最初の頃は文字通り瞬殺だったなぁ」

懐かしむ。全身を貫く恐怖、痛み、死という喪失感。ヴァルさんは死ぬことに慣れるなと言ったが、一日に何十回、何百回も死ねば嫌でも慣れてしまうものだ。

「そんな方法で竜魔法なんてよく覚えられたわね……」

「あぁ、アレか。あれはそうだな、最後の一か月くらいかなぁ――」

「んー、そろそろドラゴンとも戦っておくかぁ。おい、冥王、イキの良い竜はいねぇか？」

どこぞの勇者だか賢者だかを三日三晩戦い続けた後、なんとか倒して倒れこんだらそんな声が聞こえた。

「あ、丁度良いのがいるわ〜ん。先立つ夫を追うように死んだ竜で、冥界に来たんだけど夫の方がちっとも現れないから浮気したのがバレて怖いから逃げているんだって怒り狂ってるドラゴンちゃん。じゃじゃーん。メーヴェちゃんですっ」

冥王様がノリノリでそう紹介して指を鳴らすと、俺が寝転ぶ地面に魔法陣が浮かび上がり、猛烈な突き上げを食らう。

『あんの、バカ旦那っ!!　絶対殺すッ!!　爪を一本一本食い千切って、尻尾は風魔法でスパスパ輪切りにしてやるっ!!　って、あら、冥王様いたの？　恥ずかしいわ』

ヴァルさんの竜形態と比べると一回り小さい、桜色の鱗をしたドラゴンが炎と一緒に愚痴を巻き散らしながら現れた。それが俺と炎竜妃メーヴェの出会いだった。

☆

「……なんかドラゴンってクセが強い人ばっかりね」

「あぁ、そんでそのドラゴンの憂さ晴らしがてら毎日ド突きあっていたらいつの間にか俺の魔力器官に入り込んできて、竜魔法が使えるようになった」

トントンと左胸を叩く。トクンと魔力器官が返事をしたような気がした。

「え……。アンタドラゴンに憑依されたの？　は？　なんで」

「旦那が浮気してるなら私も若い燕と一緒に暮らすって言って……。あと、旦那を捜しにいくから手伝えって……」

俺はげんなりした顔でそう説明する。頭の痛い話だ。この世界にいるならまだしもどの世界にいるかも分からないし、世界間の移動なんてそれこそヴァルさんみたいに次元を行き来できないと不可能だ。つまり、捜しに行けないから下手したら死ぬまで憑依され続けるってこと。

「……ぷ。よ、良かったわね。モテて」

「……お前シバくぞ」

そんな話をしていたらやはり左胸が僅かに跳ねるように鼓動を打ったような気がした。

一方、その頃ジェイドは――。

☆

「……おい、俺の家なんだが？」

「ハッハッハ、知っているが？　お前の家だと分かっているからこうして勝手に入ってくつろいでるんだ。そんなことも言わんと分からんのか？」

仕事を終え、帰宅したらエメリアが家にいた。当然家の場所など教えていない。

「状況は理解できている。いや、なんで俺の家の場所を知ってるかは分からんが。まぁいい、そうじゃなくて、理由を聞いているんだ。なんで俺の部屋にいる」

「おいおい、遠路はるばるお前らのために来たというのに、つれないことを言うじゃないか。折角なんだ友との再会を喜びたまえ」

エメリアはベッドに腰かけ楽しそうに笑っている。よく分からないが暇つぶしに俺の部屋に来たということだろう。まぁそこまではいい。最大の問題は、

「なんでバスタオル一枚なんだよ……」

「バカモノ。私だって女の端くれだ。汗をかいたらシャワーくらい浴びる。もちろん着替えは用意してあるぞ？　ただお前が帰ってくるのが予想より僅かばかり早かったという誤算はあったがな。ハハハハ」

「……オルガ家の当主が独身男の部屋で勝手にシャワーを浴びるとか。本当に頭が痛くなる話だな」

「なんだ、ジェイド。お前も一人前に女に興味が出てきたのか？　ほれっ」

バスタオルの裾をチラリと上げる。本当に危ういところだ。

「……怒るぞ？　あぁ、もういい。部屋の外にいるから着替え終えたら声を掛けてくれ。いいか、ちゃんと服を着ろ。ふざけたことしたら転移魔法で王都へ送還するからな」

「何っ、ジェイド!!　お前まさか人体転移魔法を成功させたのかっ!!」

「「あっ……」」

勢いよく立ち上がり、詰め寄ってきたエメリアのバスタオルがはらりと床へ落ちる。そして不運というのは重なるもので、
ガチャ。

バタン。

「ジェイドー、明日のことで相談ある……から、夕飯……、一緒に、食べ、お邪魔しました……」

ものすごい虚ろな顔でミーナは去っていった。

「……アッハッハッハ！　すまんすまん。アッハッハッハ」

笑いごとではない。

「着替えておけ」

「うむ」

これ以上被害が拡大する前にそれだけを強く言い残し、俺は部屋を出た。廊下にミーナはいない。部屋に戻ったのだろうか。とりあえずエメリアが服を着ないことには話にもならないので部屋の前で

ボーっと待つ。

「着替えたぞ」

「……おう」

流石にエメリアもこれ以上はふざけるつもりはないようで、きちんと服を着ていた。それでも他の女性と比べたら露出は高めだが、まぁ不自然な程ではない。そんなエメリアとともに一旦部屋へと戻る。

「さて、ジェイド。すまなかったな。悪ふざけが過ぎた。だが、お前も良くないぞ？　人体転移魔法などというふざけた魔法を引き合いに出せば研究者なら誰だってあぁなる」

「まぁ、それはおあいこということにしよう。俺も余計なことを言わずにさっさと部屋を出ていればこんなことにはならなかったからな。お前だけを責めるつもりはない」

「ふむ。話が早くて助かる。で、どうする？」

で、どうする、とはミーナのことだろう。このまま放っておくわけにもいくまい。だがはっきり言って上手く説明できる気がしない。家に帰ったらエメリアがいて、勝手にシャワー浴びてて、事故でバスタオルが落ちた？　頭の痛い説明だ。

「……なんて説明すればいいんだよ」

「ん？　やましいことは何もないんだ。正直にそのままを説明すればいい」

「家に帰ったらお前がいて、勝手にシャワー浴びてて、事故でタオルが落ちたところに偶然ミーナが現れたんだって？」

「うむ。実に自然なことだろう」

「不自然の極みだ、バカタレ」

目の前の研究バカの天然ぶりに眩暈を覚える。時間を巻き戻して欲しい。当然時間遡行の魔法なんて使えないし、使えたとして使うつもりもないが。とにかくそんなことを考えてしまうくらいには気が重い。

「逆に疑問なのだが、何を悩んでいるんだ。ミーナと恋人になったのか？」

「……いや、なっていないが」

「なら問題あるまい。別にお前の部屋に女を連れ込もうが、それが裸であろうがミーナには関係のない話だ。それで怒るなどお門違いと言うものだろ？」

「……確かに」

そう言われればそんな気がしてきた。あれ、何に俺は怯えていたのだろうか。

「とは言っても今後も付き合いは続くのだから誤解である部分は解いておくに越したことはない。一緒に行ってやるから、ほら立て」

「あ、あぁ……」

グイっと腕を引っ張り上げられ立ち上がる。そしてそのままズルズルと部屋の外へ。

「で、ミーナはどこだ」

「そこ」

隣の部屋を指す。

「なんだ。お前ら恋人になっていないとか言っておきながら半同棲生活をしてるのか」

「……部屋が隣なだけで一緒に暮らしてなどいない。たまに食事をするくらいだ」

「そうか、まぁなんでもいい。探す手間が省けて助かった。では行くぞ。おーい、ミーナ。私だ。エメリアだ。ドアを開けてくれ」

ノックとともにエメリアが名乗りを上げる。いくらやましくないとは言え、心の準備があるだろう。それをこのエメリアは心の準備？　何それ美味しいの？　というレベルで躊躇なくノックして突撃していく。その姿に半分呆れ、半分尊敬する。

ガチャリ。

どうやらミーナは部屋に戻っていたようだ。

「先ほどは失礼したな。入るぞ。ジェイド、お前もだ」

「お、おう」

ドアが少し開いたところでガッとそれを開き、ズカズカと入っていくエメリア。それに続いて俺も部屋へと入る。先ほどはエメリアに上手く丸め込まれ、平気な気持ちになりかかっていたが、やはり気まずい。圧倒的に気まずいぞ。

「……どうぞ」

ひとまずミーナは落ち着いているようだ。三人で椅子に腰掛ける。

「さて、ミーナ。私から説明しよう。実はジェイドに内緒でこいつの家にこっそり忍び込んでいたわけだ。しかし手持ち無沙汰でな、そこで汗をかいていたからひとまず帰ってくる前にシャワーを浴びようと思いシャワーを借りていた。で、上がってみたらなんとジェイドが帰ってきたではないか。慌ててタオルを巻き、余裕の笑みを浮かべてみたのだが、そのあと事故でタオルが外れてしまってな。そこに丁度ミーナが現れたわけだ。ハハハハッ、笑えるだろ？」

笑えるわけないだろバカ。ミーナの顔を見てみろ。完全に引いてるじゃないか。

「……えぇ、その、ちょっと急なことで驚いちゃってすみません。でも別にジェイド先生の部屋でジェイド先生が誰と何をしてても関係ありませんから」

どうやらエメリアの言った通り、ミーナは怒っているわけではなかった。少しだけホッとする。

「……ふむ。なら問題なしだな。良かったなジェイド。お隣さんからお許しが出たぞ。今日はお前の部屋に泊まることとしよう」

「え。は？　え……、いや、そんな話は聞いていないし、許可するつもりももちろんないからな？」

と安堵したそばからバカなことを言い始めるエメリアに頭が一瞬真っ白になる。そして反射的にそう返した。

「何をケチくさいことを言う。あぁ心配するな。ベッドを占拠するつもりはない。が、当然床で寝るつもりもないから一緒に寝るとしようじゃないか。ハハ、学生時代を思い出すな」

だがエメリアは自重するどころか更におかしなことを言い始めた。こいつは何を言ってるんだ？　気でも狂ったか？

「おい、エメリアいい加減にしろ。学生の時もお前と一緒に寝た覚えはない。たちの悪い冗談は――

――」

「どうぞ、お好きに。もう出てって下さい」

ミーナが静かにキレた。いや、それはそうだ。人の家で喧嘩などし始めたら誰だって他所でやれと怒るだろう。

「あぁ、出ていくとしよう。ジェイド行くぞ」

「え、あ、おい、話は――」

エメリアはサッサと立ち上がるとまたもや俺の腕を引っ張りズルズルと引きずっていく。結局俺はこの場面で何をすべきか何を言うべきか分からなくなり、なし崩しに部屋を出ることとなった。

「……お前、なんのつもりだよ」

「ふぅ。ひとまず部屋へ戻るぞ」

学生時代からそうだったが、本当にこいつはマイペースでいつも斜め上の思考回路をしているから振り回される方はたまったものじゃない。仕方なく部屋へと戻る。

「……で」

俺は不機嫌だぞ、という意思を込めて先ほどの件はなんだったのかを問い質す。

「……ふむ。いや、ミーナの態度が少しばかり気に食わなくてな」

「どこらへんがどう気に食わなかったんだよ。別にお前に対して失礼な態度じゃなかったろ」

「そういうことじゃない。私に対してじゃないよ。んー、ガキっぽい態度にイラついてしまったんだ。仕方あるまい？」

「いや、お前の方がよっぽど大人げないと思うが……」

ミーナは冷静に受け答えをしていたように思える。むしろ急に変なことを言い出して暴走し続けたエメリアの方がよっぽど子供じみてると思った。

「ハァ……。本当にお前の頭は学生時代から学生以下だな。私も相当に疎いと思っていたが、お前を見ていると世の中には救いようのない朴念仁もいるのだな、と思い知らされるよ」

なぜか俺まで非難された。

「ハァ……。まぁ俺が朴念仁なのは昔から言われていたからそうなんだろう。それはいい。でもミーナの態度がムカついたからと言って、喧嘩別れしたままだったら明日からの魔帝国への旅はどうなる。これがただの旅行ならいいが、原典廻帰教と一悶着あって危険が及ぶ可能性が高いんだぞ。そんな時に些細なチームワークの乱れが――」

「黙れ。そんなことは分かっている。フンッ、ジェイドお前も説教じみたことを抜かすようになったな。まるで教師のようだ」

「いや、教師だよ。エルム学院魔法科の教師」

「皮肉だ。バカモノ」

「……あぁ言えばこう言いやがって。とにかく、そういうことなら頼むから仲直りしてくれ」

「……やれやれ、仕方ない。確かに少しばかり私も大人げなかったからな。折れるとしよう」

「付いていこうか？」

コクリ。

しばし逡巡した後エメリアが頷いたため、引っ張られる前に立ち上がり先導する。

「「あ」」

だがそんなことをまごまごと話し合っている間にミーナに先手を取られていた。

「……ジェイド。ミーナは家を空ける度にこんなものを貼っていくのか？」

「初めて見たよ」

ミーナの部屋の扉には『不在です。用がある方は後日改めて下さい』とそう書かれていた。

「さて、どうしたものか」

「……捜すぞ」

「……仕方ないか」

こうして俺たちは日の沈んだ街へ足を向けるのであった。

☆

（ジェイド殺す殺す殺す殺す殺す殺す殺す）

「おいミーナどうしたんだ？　急に押しかけてきてお酒を飲みたいとか言い出して、かと思えばベヒーモスのような形相で黙々と飲んでるだけじゃないか。ま、どうせ彼のことだろうが」

「ンク、ンク、ンク、ハァ……。ジェイドの部屋に裸の女性がいました」

一人で部屋の中にいるのが耐え切れなくなり、スカーレットさんに無理を言って、いつもの酒場に付き合ってもらった。ジェイドのことだというのはバレているし、こうなったらとことん話を聞いてもらいたいので、お酒をガブガブ飲んで開き直る。

「おーっ、ジェイド先生もやるじゃないか。おっと冗談だ。そんなに睨むな。でもまさかジェイド先生にそんなお相手がいたとは驚きだ。まさか知り合いかい？」

コクリ。小さく頷く。

「ほぅ。知り合いということはミーナが彼を好きなことは知っているわけだ。なんてたってミーナがジェイド先生を好きなことを知らないのは本人だけだからな。ハハハハ」

多分、恐らく、いや確実にエメリアさんにはバレている。そう考えるとジェイドに腹が立ってきた。なんでこれだけ一緒にいて気付かないんだ？　いい加減気付け。

「で、そのミーナが好きなことを知っていて隣の部屋で寝取った性悪女はどこの誰なんだい？」

「…………隣の部屋って言いましたっけ？」

「いいや？　だが近くに住んでいるのは予測してたぞ？　まさか本当に隣だったとは思わなかったがね」

……まぁ、この際隣に住んでるのがバレるくらいどうでもいい。もうどうでもいいのだ。

「……引っ越そ」

「おいおい、自暴自棄になるな。その女は元カノか何かなのか？」

「……学生時代の同級生。この前王都で一緒に旅をした人」

「ほぅ。学生時代はお互い男女と意識せず仲良しな友人だった二人が大人になり再会して急にトキメいてしまうアレか。あり得るな。でも本当にあのジェイド先生がそんなに早く手を出すかね。何かの事故じゃないか？　例えばその女がハニートラップを仕掛けるために裸で待っていたとか」

……それに近い気はする。

「……確かに誤解だと言ってたし、ジェイドもそんな風ではなかったんです。それでその女性は私の部屋に来て謝ってくれて、でも私そこでイライラをぶつけちゃって、ジェイドの部屋に誰がいようと何をしようと関係ないって言っちゃったんです」

「あー……。当てようか。その女はそれにカチンと来て、なら今からジェイドの部屋で二人でイチャイチャしますとでも言ったんだろ？」

「泊まるって。一緒のベッドで寝るって言って、そのあと二人で部屋に戻ったんですよ！　あぁ、腹立ってきた」

酒を一気に煽る。今頃人の良いジェイドのことだから流されて二人でベッドでゴロゴロ、ゴロゴロ……。

「なるほど。それはツライな。好きな人が他の女とイチャイチャしている声を隣の部屋で聞くほど惨めでツライことはない。……で、ミーナは今ジェイドが目の前にいたら何をしてやりたい？」

ジェイドが目の前にいたら？　え、とりあえずビンタする。

「ビンタ。思いっきり引っ叩いていい加減私が好きってことに気付けバカって言ってやりますね」

「なるほど。じゃ、どうぞ」

「はい？」

スカーレットさんの目線が私の背後に向けられる。イヤな予感がして振り返ると、そこには今頃ベッドでゴロゴロしている筈のジェイドとエメリアさんがいた。

「ジェ、ジェイド、いつからっ！」

「いや、ちょっと前から、声かけようと思ったんだが、そのスカーレットさんとエメリアに止められて……」

「は？　は？　は？」

聞かれた。え、好きだって聞かれたってこと？　え、こんな最低な告白って……。

「気持ちは分かる。ミーナ。こんな最低な告白はツラいだろう。やり直そう。とりあえず立ってジェイド先生の頬を思いっきりビンタするところからだ」

スカーレットさんが私の腕を引っ張り上げ、ジェイドの前に立たせる。

「あー、そのミーナ――」

「黙って。何も言わないで」

気まずそうに視線を外しながら何かを言おうとするジェイド。とりあえず黙らせる。そしてガンガンする頭でなんとか考えをまとめ、顔を上げる。

「目をつぶって、歯を食いしばって」

ジェイドは言われた通り、ぎゅっと目をつぶり、歯を食いしばる。ドラゴンと戦った人とは思えないビビり具合だ。ホントバカみたい。そして私は左手でジェイドの胸倉を掴み、グッと引き寄せると――。

「――んんっ!?」

「ぷはっ。いい、ジェイド？　私はあなたが好きなの！　ずーーーーっと前から好きなんだからねっ!!　これだけ一緒にいて気付かないなんてバカバカのバカよ！　バーカ、バーカ!!」

思いっきりキスして言いたいことを言って逃げ出してやった。あの放心した顔を見たら少しだけスッキリした。ざまぁみろだ。

「おい、姉ちゃん、フラフラ歩きで見ていられねぇな。おっちゃんが介抱して――」

「うるさいバーカ！　私はジェイドが好きなんですー！」

一人で歩く帰り道は多分今までの人生で一番愉快な帰り道だった。

☆

ミーナが去ってからどれくらい経ったろうか。ようやく頭が動き始めた気がする。

「やぁ、こんばんは。キミが件の性悪女かい？」

「あぁ、性格の悪さは王都一と自負している。エメリア＝オルガだ」

「ほぅ。かの公爵家当主とは。これは失礼。私はこの二人の同僚でスカーレットと言う」

なんか気付いたらエメリアはスカーレットさんの前に座って飲み始めてるし。

「ジェイド先生。何を突っ立ってるんだ。早く座りたまえ」

「そうだぞ、ジェイド。今夜の肴はお前だ。いや、実に面白いものを見せてもらった」

エメリアに手首を引かれ、着席させられる。ほんと今日はエメリアに引っ張られっぱなしだ。

「さて、感想を聞こうか」

座った途端、前のめりに感想を求めてくれるスカーレットさん。感想？　なんのだ？

「ジェイド、お前は本当に鈍いな。初めてのチューの感想を聞いてるんだ。初めてだったんだろ？」

エメリアまで一緒になって下世話なおっさんのようなことを言ってくる。そう言えばキスなど初めてだが。

「……感想なんかあるわけないだろ。ビンタかと思ったらキスされたんだ。衝撃的すぎて全部吹っ飛んだよ」

「はぁ!?　感触くらい残っているだろ。ん？　どうなんだ？　ミーナの唇は柔らかかったのか？　どうなんだ！　私だってミーナとキスしたことないんだぞ！」

わけの分からないキレ方をされた。したことがあったら大問題だ。それに感触くらいって、そりゃ、

「まぁ、一瞬ぷにゅって」

「ぷにゅ、だとっ!?　店員酒だ!!　私にとびっきり効く酒を持ってきてくれ!!」

「ハハハハッ、店員、私にもとびっきり美味しい葡萄ジュースに酒を小さじ一杯ほど入れて持ってきてくれ！　さて、ファーストキスはミーナに奪われてしまったから、どうだジェイド。私とセカンドキスでもしてみるか、ん？」

「おっと、オルガ嬢、折角うちの可愛いミーナが勇気を振り絞って告白した夜なんだ。そんな真似をしたらその唇、私が塞いでしまうぞ？」

なんて言い合いながら二人とも大笑いしてる。え、やだ。もうこの空間やだ。

結局二人はすっかり意気投合したようで三人で朝まで飲み明かしてしまった。俺はと言えば一緒に飲んではいたものの話は入ってこず、酔うこともできない。頭の中で繰り返されるのはミーナの好きだという言葉。気付かなかった。言われてから思い返せばなんてことはない。ミーナはいつも俺のことを――。


「はぁ、俺はバカだ……」

「あぁ、そうだ。ジェイド先生はバカだ!! バカに乾杯っ!!」

「間違いない。王都、いやウィンダム王国一のバカ者に乾杯っ!!」

やかましかった。

「……フ。だがこれをなかったことにしたらジェイド先生、キミはバカですらなくなる」

「だな。次はお前の番ということだ」

急に真面目なトーンでそんなことを言う二人。

「……分かってるよ。きちんと俺の気持ちを伝える」

「ヒュー。急に男の顔になったじゃないかっ！ 店員さーん！ こっちの男になった男に酒を！」

「店員さん私からもだ！ 遅れてやってきた青春を楽しむ男に祝いの酒を！」

「……もう好きにしてくれ」

だが、今は一人じゃないことに救われた。

☆

「さて、『三つ首の狼(サーベラス)』の定例会を始めるとしよう」

薄暗い部屋に小さなテーブル。椅子は三脚。三人の男が座る。

「ハンッ。真ん中の、お前はいつもそうやってブッてるが、疲れねぇか？　三人しかいないんだもうちょい気軽にやろうぜ。なぁ右の」

「フフ、何度も言っていましょう。習慣が人格を形成し、それが定着して初めて本物の威厳というものが――」

「左、右、黙れ。時間がもったいない。本題に移るぞ。そろそろだ」

「えぇ、存じ上げています。原始の魔法使いヨド。起源にして頂点。最悪にして災厄。ついにお会いすることができる……」

「そいつを使えば世界征服ってわけか。いいねぇ。盛り上がってきたねぇ。で、真ん中の？　ヨドが入ってるガキ以外は……」

「好きにしろ」

「クク、そうこなくっちゃな」

「野蛮なことだ。まったく嘆かわしい」

「るせぇ、この変態幼女スキスキ野郎が」

「なっ。私は子供には罪を悔い改める機会があると言っているだけであって――」

「何度も言わせるな。黙れ。今回は俺の駒は動かせない。左、貴様の駒を使わせてもらうぞ」

「あぁ、お好きに。いくらでも使いつぶしてくれ。ギャハハハ」

「はぁ、嘆かわしい嘆かわしい。自分の部下をそのような……」

「うるせーよエセ神官。お前だって信者を騙してるだろうがよ。お前が信じるのは金と幼女だけだろ？」

「ハァ……、所詮は下界の者、言葉を交わすのは諦めた方が良さそうですね」

ドンッ。真ん中と呼ばれた男が拳を振り下ろす。テーブルは砂のようにサラサラと砕け散った。

「今日の定例会はこれで終わりだ。詳細はいつもの方法で伝える。抜かるなよ」

「あいあいさー」

「畏まりました」

灯りが揺らめき、一瞬暗くなったあと、そこには誰もいなかった。

第三章

episode.03

魔帝国

I was fired from a court wizard so I am going to
become a rural magical teacher.

三人で飲み明かした後、エメリアはスカーレットさんの家に泊まるということで酒場で別れた。俺は家に帰り、シャワーを浴びる。ミーナの部屋の張り紙がなくなってたということは無事帰れたということだろう。

シャワーが終わると部屋の窓からはバッチリ光が差し込んでいる。今日も授業があるためそのまま学院への準備をする。準備をしながら、いつミーナに気持ちを伝えようか考えているわけだが、

「鉄は熱い内に打て、か」

遅きに失して、バカとすら呼ばれなくなってしまう事態は避けたい。俺は意を決してミーナの部屋へと向かう。

コンコン。

「ミーナ、起きてるか。俺だけど」

間違いなく起きている時間だろうが、中からは返事が返ってこない。しばらくドアの前で待つ。

「……おはよう」

ガチャリとドアが開く。いつも通りのミーナに見える。

「あぁ、おはよう。ミーナ、俺の気持ちを聞いてほしい」

余計なことは喋らず、本題から入った。だが、

「待って！　ちょっとだけ待って。その、お願い……。それは今回の旅の後にしてほしいの。ジェイドからどんな言葉が出てきても私は昨日までの私と変わってしまうと思うから……。この旅の間は昨日のことを忘れて今までのミーナとジェイドでいさせて」

「……分かった」

散々ミーナだって待っていたんだ。俺もこの旅の間くらいは待つべきだろう。俺は言おうとしていた言葉を胸に仕舞いそれを了承する。

「ありがとう……。ちゃんと帰ってこようね」

「ミーナ。あんまりそういうこと言うと逆に危ないことが――」

「はい、変なこと言わないの。さっ、今日もしっかり学院で頑張らないとね」

「……あぁ、そうだな」

そしていつもの二人に戻った俺たちは、いつも通り学院でドタバタしながら生徒たちに魔法を教え、放課後を迎える。


「ジェイド、ミーナ、昨日ぶりだな」

前回王都行きの時にも待ち合わせた馬車乗り場に、

「あぁエメリア、おかげ様で馬車で眠りこけそうだよ」

「エメリアさん、昨日はすみませんでした」

エメリアは時間通りに現れた。ミーナの謝罪に対しエメリアは軽く笑って、気にするなと手を振るだけだ。俺たちがその後どうなったかは聞いてこないようで助かる。

「エメリア様、お久しぶりです」

「アマネか。この前はすまなかったな」

「いえ、自分が何者か知れてよかったので」

「フ、ミコと言い、お前と言い、随分度胸が据わったガキが揃ったものだな」

アマネも既に来ている。フェイロ先生もいつものように小さな笑みを浮かべながら静かに佇んでいる。あとはヴァルだけだが——。

「おう。揃ってるな。では出せ」

最後に来ておいてこの言い草だ。

「はぁ、まったくヴァルらしいな。レオは連れてきてないだろうな?」

「しつこいぞ。連れてきてもないし、他言してもいない」

本当だろうか。どうにかしてこっそり連れてきてるのではないかと疑ってしまう。フェイロ先生に目で尋ねると、

「……付いては来ていませんね。只、少しばかり剣に乱れが見えたのが気になりましたね。しかも珍しくエレナまで」

エレナも? ヴァルが連れていくならレオだけだろうし、レオがエレナを誘うとも思えない。ならば今回の件とは関係ない、か。

「……まぁ、気にしてもしょうがないか。誰かに見られる前に移動するとしよう」

そして俺たち六人は馬車へと乗り込み、魔帝国へと向かう。

短い休息を挟みながら馬車は夜通し走り続け、朝日とともに魔帝国が現れた。

「着いたか……」

魔帝国——実力主義、独裁国家、来るもの拒まずの国。

「おい、ジェイド見ろ」

門が近づいてくるにつれ、そこに立つ門兵が見えてくる。異常にデカい。ヴァルと同じ、いやそれ以上の大きさだ。

「あれが噂の……」

「あぁ、外装型、魔導重装だな」

帝国は軍事国家だ。魔道具を戦争に転用した軍事研究に力を入れている。中でも特徴的なのが外装型の魔導重装と呼ばれるものだ。人がすっぽり中に入れるほどの重装は装着すればヴァルと同じか、それより大きくなるため威圧感がすごい。全身を漆黒に染め、顔が見えないまま仁王立ちする姿は不気味の一言で、あれと戦場で向き合ったら普通の兵士であれば心が折れてしまうに違いない。

「初めて見たよ。そして二度は見たくない代物だな」

あれを自国で見る機会があるとすれば攻め込まれた時だ。無敗を誇る帝国軍とやり合うのは避けたいに決まっている。

「止まれっ！　……降りろ。魔帝国の者ではないな。来訪者か、それとも入国希望者か」

「来訪だ」

少しくぐもった声で威圧的に話しかけてくる門兵に対し、俺は来訪者であることを告げる。

「では、人間七人と馬二頭の入場料として金貨四枚だ。また滞在期間は三日までとなっている。それと身分を証明できるものを」

門兵は平然とした様子で法外な入場料を請求してくる。金貨四枚と言えばエルム学院の給料二か月分だ。だがこれがこの国の正しい基準なのだ。

「ほら」

俺はエメリアから預かった書状と金貨四枚を渡す。そして、それを丁寧に調べている横では丁度──。

「入国を希望してきました……」

「ふむ。通ってよし。ようこそ自由の国へ。貴様に実力さえあればどこまでも上り詰められる夢の国だ」

「あ、ありがとうございますっ!!」

みすぼらしい身なりの家族が入場料を払うことも身分を明かすこともせずに門をくぐっていった。

これから彼らは魔帝国の国民として一生をここで過ごすことになるだろう。入国は拒まず、出国は困難。それがこの国だ。

「ほぅ、公爵家、大したものだ。まぁウチではそんなものはクソ程の役にも立たないから精々大人しくしているよう気を付けるんだな。通ってよしっ!」

無事本物だという確証が得られたようで通してもらえる。俺たちの左手には来訪者である証の黒のブレスレットが巻かれ、そして入国した者たちの左手には一生消えない烙印が押されていく。

「では、私はここで待機しておりますので」

「えぇ、ありがとうございました」

馬車の待合所で御者と別れ、俺たち六人は魔帝国の街を歩き、原典廻帰教の関係者との待ち合わせ場所まで向かう。その街並みはと言えば、

「……まさかこんなにも違うとは思わなかったな」

ウィンダムの王都ともエルムとも全く違うものであった。立ち並ぶ家や店はどれも立派で、木やレンガ造りではない。鉄を加工したものだろうか？　またあらゆるところに魔道具が利用されており非常に高度な技術を有してることが分かる。

「……地面が平らというのは不思議だ。これはなんだ」

そして歩くたびに土や草、レンガの感覚ではないまっ平で硬い地面に違和感が強い。

「アスファルトみたい」

そんな俺の呟きに反応したのはアマネ。

「アスファルト？　そんな素材があるのか？」

「前いたとこ」

短い答え。どうやらこの世界ではない、転生前の世界の素材に似ているということだろう。

「おい、ジェイド。流石は魔帝国だな。あんなのがうようよいるぞ。フッ、あれで下級兵士というわけだな。噂で聞く内蔵型の魔導紋章を全身に埋め込んだ上級兵士も見てみたいものだ」

「……おい、あんまりジロジロ見るな。厄介ごとは勘弁だぞ」

街にはかなりの数の兵士が巡回している。だが、国民は不気味がるどころか至って自然なことのよ

うで誰も気にしていない。だが俺たちは別だ。技術漏洩には厳しい魔帝国だからこそ来訪者に対してはより厳しく監視されている筈だ。

「フン。あんなおもちゃに何をビビっている。あれならレオでも倒せるぞ」

「……おい、ヴァル。いいか、ビビる、ビビらないの話じゃない。俺たちは大人しく、穏便に事を済ませて帰国するんだ。絶対に喧嘩を売るなよ。ハァ、レオを連れてこないで正解だったな。これでレオまでそんな調子でいきなり勝負してくれとか言い出したら目も当てられない……」

レオが本当に魔導重装兵に勝てるかは置いておいて、そんな状況になったら良くて即強制退去。妥当なところは牢屋で尋問、処罰、国への賠償、考えただけで胃が痛くなる。

「フェイロ先生……」

コクリ。

もしもヴァルが変なことをしたら二人で力づくでも止めようと強く誓い合うのであった。

「それにしてもあの大聖堂すごく立派……」

ミーナが遠くに見える大聖堂を見てポツリと呟く。確かに遠目にぼんやりしか見えていなくとも迫力が伝わってくる。

「ふむ。あれは国教であるフラタリア教の総本山フラタリア大聖堂だな」

それに対してエメリアが答える。フラタリア大聖堂、今俺たちが向かっている場所である。

「待ち合わせ場所にはもってこいか。確かにあれなら迷うことはないな。確か、この帝都の四分の一くらいはフラタリア教なんだろ？　すごい数だよな」

どこからでも見えるであろう明らかに目立つ巨大建造物が二つ。一つが帝都城、もう一つがこのフラタリア大聖堂だ。フラタリア大聖堂は当然フラタリア教のものであり、原典廻帰教のものではない。過激派で知られる原典廻帰教とは宗教間の対立でもありそうなものだが明らかに数が違うようだし、そもそも原典廻帰教は表舞台には滅多に姿を現さない組織と聞くから幅を利かせているのだろう。

そしてそんなことを考えながら歩いていれば、大聖堂の全貌が明らかになる。

「近くで見ると、圧倒されちゃうね……」

ミーナではないが、目の前にそびえる聖堂には俺も圧倒される。意匠の凝った彫刻や装飾、複雑に幾重にも塔が折り重なるようにして造られた建築法は見事と言うしかない。

「けど、あのハゲで台無し」

そう、言葉は悪いがアマネの言う通りだ。折角の素晴らしい聖堂なのに前面の外壁にニコやかに笑うハゲた司祭の絵がデカデカと飾られていたのだ。その大きさたるや司祭にあるまじき自己顕示欲だ。

「うむ、この上界部はほぼ全てフラタリア教徒と思っていいだろう。裕福な上界部を取り込んだ宗教。さぞ金回りもいいだろうし、そのトップに立つ司祭の権力は当然それなりだろう。ま、それ以外は宗教などに縋る余裕もない」

エメリアは肖像画を見ながらやや呆れた口調でそんなことを言った。そして上界部という言葉。聞いたことがある。裕福な上界部と対を為す魔帝国の闇の部分。この帝都の地下に地上よりも広大な下界部と呼ばれる貧困な者たちが暮らす場所がある、と。

「国が違えば色々と違うものだな……」

才能ある者、努力する者は最大限の恩恵を享受でき、才能なき者、怠惰な者は過酷な生活を強いられる。人道的かと問われれば頷くことはできないが、国力を高めるためには非常に効率の良いシステムとなっている。

そんな異文化を目の当たりにしながら大聖堂を外周沿いに歩く。

「でもギルドの人、私たちのこと分かるのかな？」

ミーナが不安そうな声で小さく尋ねてくる。確かに大聖堂はぐるりと一周するだけでも十五分は掛かりそうな程広大だ。そんな中顔も知らない仲介人のギルドの人が俺たちを見つけてくれるのか不安になるのも分かる。だが、

「まぁ大丈夫だろう。来訪者というのはかなり少ないようだからな」

そんなミーナの不安に対してエメリアが手首を見せながら答える。確かにエメリアの言う通り、道中、黒いブレスレットをする者を見かけなかった。三日間の滞在の入場料だけであの値段だ。しかも街で売られてるもの、例えば料理なんかも住民と比べ来訪者は割高になってる。いや、割高なんてものじゃないな。三倍以上の料金差があるのだから。

「センセイ、ギルドなんてあるの？」

「ん？　あぁ。アマネはギルドを知ってるのか？　確かに魔帝国はギルドというシステムがあってそこを仲介してよりスムーズに顧客と請負人がな――」

「知ってる。そんなのはどうでもいい。ランク、仕事を受ける人にランク制度はあるの？」

折角教師らしく説明をしようと思ったらどうでもいいと言われてしまった。悲しい。そしてその代

わりに聞いてきた質問。ランク。

「ランクかぁ、そんなシステムは聞いたことがないな。誰か聞いたことがあるか？」

心当たりがなかった。ヴァルは当然知らん顔だし、ミーナ、フェイロ先生、エメリアも知らない様子なのだから恐らくそんなシステムはないのだろう。

「というわけでランク制度はないみたいだが……なんでそんな残念そうなんだ？」

「ギルド……冒険者……、大体私みたいなのはギルドに登録して、都合のいいことが起こりまくってぽぽぽーんとSSSランクに上がるのがテンプレートだから。まぁ、そもそもドラゴン討伐の依頼もなさそうだし」

「フン。そう言えば昔、SSSランクの冒険者だとか名乗って調子に乗っていた小僧を一噛みで喰ったことがあったのを今思い出したわ」

「というわけだ、アマネ。SSSランクとかいうのにぽぽぽーんとなれたとしても現実は非情だぞ？このヴァルみたいに非常識の塊みたいな強さの奴がいる」

「うん。あの姿を見た時は正直ビビった。ドラゴンも跨いで通る天才魔法師を目指してたけどちょっとだけ心折れた」

「フンッ。そうであろう？　我がビビって跨ぐなど有り得んからな。例えそれが我より強い者だとしても我は決して逃げん。そこが我の墓標だったたまでよ」

なんかアマネとヴァルは微妙に噛み合っていない会話で盛り上がっていた。そんな時である。

「こんにちは。皆さん案内しやす。どうぞ付いてきて下せぇ」

ちょうど大聖堂の真裏まで歩いてきたところで俺たちは背後から声を掛けられた。瞬時に振り向けば視界にはボロを頭から足まですっぽりと包んだ小柄な……顔も見えないため、声から恐らく男であろう者が音もなく立っていた。

「……何者だ」

俺は警戒心を露わにして問いただす。フェイロ先生とヴァルも一瞬で臨戦態勢となっているのを見ると、どうやら俺だけが油断してこのボロ服の男に気付かなかったわけではないようだ。悪趣味と言うには些か完璧すぎる気配の殺し方だ。

「あぁ、すいやせん。気を悪くしないでくだせぇ。ちょっと癖になっちまってんでさぁ、気配を殺すの。なんせあっしはこういう者でして」

ボロを纏った男は左腕の部分を捲って見せてくる。そこには三つ首の狼の入れ墨が入っていた。

「……『三つ首の狼』。ギルドの仲介とは聞いていたが、まさか闇ギルドの方だとは思わなかったな」

どうやらエメリアはこの入れ墨を見てこのボロ服の男の正体が分かったようだ。裏ギルド……。どうにもきな臭くなってきた。

「ヒヒ、蛇の道は蛇って言いやすからねぇ。ささっ、こっちの空気は甘ったるくて吐き気がするんで、さっさとお暇したいんでさぁ」

「おい、エメリア、裏ギルドって」

「あぁ、正規ギルトは上界部にあり、闇ギルドは下界部にある。その闇ギルドを取り仕切ってるのがこの『三つ首の狼』という者たちで政治や宗教の影響が届きにくい下界部の法と秩序の番犬ならぬ番狼、下界の王だ」

つまり厄介極まりなく穏便かつ平和的な解決を望めない相手、ということであろう。そんな下界の支配者が付いてこいって。

「……行くってまさか？」

「お察しの通りでさぁね。さ、この国の現実ってやつを見られやすぜぇ？　キヒヒヒ」

男はそう言うとゆらりゆらりと幽鬼の如く歩き始めた。足音がしないと思ってよく見てみれば裸足だ。

「あ、おい。ちょっと待ってくれ。そう言えば自己紹介もまだ――」

「キヒヒ、やはり平和ボケしている方は言うことが違いやすねぇ。本名であれ、偽名であれそれが個人と結びつくなら明かすべきじゃあねぇすよ。まぁどうしても呼び名が欲しいならあっしのことはボロの男、ボロとでもお呼び下せぇ。ま、今からいくとこはボロの男なんぞ腐るほどいますがねぇ、キヒヒヒ」

そう言うとボロの男は俺の返事など待たずに前を向き、歩き始めてしまう。俺は一瞬皆と顔を見合わせ、少しだけうんざりした表情を浮かべた後、ボロを追った。

「止まって下せぇ」

どれほど歩いただろうか、街の中心部から遠く離れた一見何もない空き地でボロが立ち止まった。

「折角なんで名所案内でもしやすね。ここが上界と下界を唯一繋ぐ場所――『ダストホール』でさぁ。

その名の通り、ここからはゴミが住む場所。盗み、殺し、それに……女性の方は特に注意した方がいいでさぁね」

そのおぞましい注意喚起に対し、ミーナの顔は青冷め、震える手でギュッとアマネの肩を抱き、引き寄せる。

「ここには裁判所もなけりゃ、重装兵もいない。あっしらがある程度見回ってはいやすが、見ず知らずの来訪者を助けるかと聞かれれば期待しない方がいいと答えやすね。というわけで厄介事に関わりたくないのであればあっしから決して離れないよう」

ただの脅しではなさそうな迫力に俺たちは静かに頷く。

「では、堕ちるとしやしょうか、キヒヒヒ」

ボロの表情は相変わらず見えないが、満足そうな声でそんなことを言う。そしてボロは空き地の先へと歩いていく。付いていくとようやく『ダストホール』という言葉がピンときた。人ひとりどころか、大聖堂すら呑み込むのではないかという巨大な穴だ。穴はとても暗くどれほどの深さなのか分からない。ボロはそんな穴へ躊躇なく飛び込んでいった。

「フンッ。中々面白そうな場所じゃねぇか。舌噛むなよ?」

ヴァルはそう言うとアマネの襟首をむんずと掴み、肩に担ぐと颯爽と飛び降りていった。エメリアとフェイロ先生も表情一つ変えずに飛び込んでいく。

「……行くか」

「……うん」

そして俺とミーナもその穴へと飛び込んでいく。

「ここが……」

「そうでさぁ、昼のない街、下界部でさぁ。灯りはところどころありやすが、基本的には薄暗いんで目は早く慣らすのをオススメしやすよ」

まず薄暗い。先ほどの上界部と違って地面も土だ。建物は木や泥壁でできたものばかりでお世辞にも綺麗な造りのものはない。何より——。

「歩いている人が少ないんだな……」

「キヒヒ、下界部にもテリトリーがありやすから気を付けて下せぇ。このダストホール付近はまだ良い方でさぁ、ある程度歩けやすから。中には歩けば即殺されるような場所もありやすよ。さ、こっちでさぁ」

恐ろしいことをさらっと言った後、ふらりと歩きだすボロ。慌てて追いかける。数メートル離れただけで見失いそうだ。

「ジェイド先生……」

「あぁ。アマネも」

ミーナがスッと近くに来る。こんなところで離ればなれになる程、恐ろしいことはない。そして俺はアマネを呼び、その手を握る。

「…………」

いつもならこんな時ふざけたことを言うアマネだが、この時は何も言わず、キュッと手を握り返してくるだけだ。

それからボロを見失わないよう歩き続けること一時間。

「つきやしたよ。はぐれてないでさぁね？　ひーふーみー、キヒヒ、全員いやすね。これであっしの仕事は——ハァ……」

怪しげな扉を開き、中へと案内される。幸いにも俺たちはトラブルに見舞われることなく到着することができた。そこでボロは仕事は終わりとばかりに出ていこうとしたが、中にいたローブ姿の男に話しかけられ、ため息をつく。

「？　どうしたんだ？」

「いやいや別の依頼が入ってきやしてねぇ。また、上にお迎えにあがらなきゃいけないんで、ちょっとうんざりなだけでさぁ。じゃ、あっしは急ぐんで」

「あ、おい」

ここまでトラブルなく案内してくれたのだからお礼の一つでもと思ったのだが、ボロはあっという間に消えてしまった。

「こっちだ……」

ボロに気を取られてる間に先ほどのローブ姿の男は床の扉を開けていた。そして低い声でそう言うと俺たちと挨拶するつもりなど一切ないとばかりに階段を降り始めてしまった。

「……あのローブはそれっぽいが」

「ふむ、恐らく教徒だろう。さて、何が飛び出してくるやら……」

ここから先は原典廻帰教の領域。アマネを奪われ、ヨドを覚醒されないよう一層注意深く警戒する必要がある。

こうして俺たちはアマネを取り囲むように陣形を取り、ローブ姿の男を追った。

☆

「ふぅ～。遠かったな。尻が痛ぃわっ！」

馬車に揺られること半日以上。ようやく魔帝国領に入ったとのことだ。もうしばらくすれば帝都が見えてくる筈。しかし、それにしても尻が痛い。痛いのだ。

「坊ちゃま、お静かに。貴族たるもの臀部の痛みくらいで騒ぎ立ててはいけませんよ」

いつも小うるさいネネアがまたお小言だ。二言目には貴族たるもの、ふん、貴族だって痛いものは痛い。

「……やかましいなぁ」

「何っ、貴様、生徒の分際で私になんという口の――いいか、子供には分からない大人の尻の痛みというものが――」

「フロイド先生、ちょっと耳が痛いので、抑えてもらえませんか？」

馬車の対面には小生意気な生徒が二人乗っている。一人は落ちこぼれ魔クラスのレオとかいう問題

児。もう一人は騎士科でまさかの王族のエレナ様だ。エレナ様にそう言われれば、

「ぐぬっ。……む、むぅまぁよい」

黙るほかない。王族であることを隠し、学生として扱ってほしいと言われたから喋り方こそ生徒に対するソレだが、教師と生徒という立場など子爵と王族という前には塵芥に等しい。つまり私はこの女生徒に絶対に逆らえないわけだ。

「おや、坊ちゃま。ほら見て下さい。魔帝国ですよ」

「フンッ。見れば分かる」

「おぉー、あれが魔帝国かー。ふーん、門兵中々強そうじゃん」

レオとかいうガキが門兵が強そうだとか抜かす。まだ魔帝国までの距離は相当ある。目を凝らしてみても兵士が立っているかどうかすら見えない。つまり子供特有の虚言、妄想、カッコつけであろう。

「アンタ、目まで改造されたの？」

「ん？　あぁ、まぁ改造ではないけど良くはなったなぁ」

ぷぷっ。誤魔化し方がこれまた杜撰だ。まぁ痛いところをツッコまれて咄嗟に答える時などこんなものだろう。うんうん、私はあえて少年のちっちゃなプライドを折ることはしないぞ？　大人だからな。

「あら、本当ですね。あれが有名な魔導重装兵という方々でしょう」

「む。おいアレが本当に見えたのか？」

偶然だとは思うが、近づいたら魔帝国の象徴とも言える魔導重装兵が門兵として立っていた。

「ん？　だからそう言ってるじゃん」

「ぐぬっ、だから貴様、口のきき方に――」

「…………」

「ヒッ」

エレナ様に睨まれた。まずい、これは『お前などどうとでもできるんだぞ』という権力者の目だ。エレナ様、この年齢で隠れ王族でありながらなんという風格。私は息を呑み、この赤髪のレオとかいうガキ、略して赤ガキへの文句も一緒に呑み込んだ。

「止まれっ、下りろ。……お前らこの国の者ではないな。来訪者か、入国希望者か？」

暫く馬車が揺れ、入国手続きの順番が来たため、並んで立つ。物々しい門兵は我々の袖を捲り、帝国印がないことを確認するとそう尋ねてきた。随分威圧的だがこんなもの所詮鎧の力だ。脱げばひょろひょろのモヤシ男が降りてくるに違いない。で、あればビビらず堂々とすべきだ。

「フン、ら、来訪者だ」

睨みながら言ってやったぞ！

「……ククッ。そうか、では人間四人に馬一頭、しめて金貨二枚と大銀貨三枚だ。滞在は三日。それと身分を証明できる者はいるか」

来た。お金はエレナ様が事前に用意して下さったものがある。それはそうだ。協力してやるのだから私が払う義理はない。そして協力する内容とはすなわち、この身分証明である。私はカービン子爵家の書状を門兵に渡した。

「……ふむ。カービン子爵家。聞いたことがないな」

「ウィンダム王国、エルムテンド領、エルムの街を古くから支えている家だ。知らないのも無理はない。功績を見せびらかすような真似をしてこなかった質実剛健な名家であるからな」

よーし、スラスラ言えた。スラスラ言ってやったぞ、おらっ！

「……どうしますか？」

こちらは入国審査をする普通の役人のようだ。実に弱そうなので睨んでおく。どうしますか？ではない。このカービン家フロイド子爵様一行を通すのだっ!!

「ダメだな。本当にそんな貴族があるかも怪しい。それに子爵程度であれば俺たちで判断しても問題あるまい」

「え？　お、おい。そ、それは困る！　ここまで長い時間馬車に揺られ、尻を痛めながら来たんだぞ！」

話が違う。慌てて抗議するが、

「……黙れ。貴様の尻の事情など知ったことではない。失せろ。子爵家程度恐るるに足らん。ここは魔帝国だ、力が全て。文句があるなら押し通ってみるか？　贅肉だるま」

あろうことか、罵声を浴びせられたではないか。こいつ、私が下手に出ていたら調子に乗りよってっ！　私が魔法科の主任教員であることを知らなかったことが運の尽きだな。貴様の言う通り力で押し通ってやろうじゃないかっ!!　覚悟しろ!!

「ん？　どうした？　何か言いたげだが文句でもあるのか？」

「ぐぬぬぬぬっ、ぐぬぬぬぬぬぬぬぬぬぬ」

言え、フロイド、今こそ勇気を振り絞る時だ。推して参るっと言って右手を上げるんだっ！

「あー、んじゃ俺が挑戦するわー」

「「は？」」

「え、実力が全てなんだろ？　丁度良い機会だからな。そのごっつい見た目がハッタリじゃないか気になってたんだよなぁ。相手してくれよ」

「お、おい。レオっ、貴様バカかっ！　お前なんか落ちこぼれのこんこんちきで魔法も使えないザコガキなんだっ！　殺される前に謝れ！　ハハッ、門兵殿すみません。見ての通りちょっと頭のネジがおかしいバカガキでして、一旦出直してきますね。ほ、ほらっ、行くぞ」

いくら落ちこぼれ魔クラスのガキだからと言って見殺しにするわけにはいかない。私のプライドより生徒の命だ。首根っこを掴んで退散しようとする。だが――。

「大丈夫だよ。多分俺この人より強いから」

「なっ!?　こ、こんのバカ――」

引っ張ろうとした手を払いのけられた。なんたるバカガキだ。

「フロイド先生、止めないでいいですよ。バカは死ななきゃ直らないですし、剣の道に生きると決めた以上、自己責任です。それにもうあちらさんはタダじゃ帰さないって雰囲気ですし」

エレナ様の言葉を聞き、ハッと門兵を見上げると、表情は分からないがどことなく剣呑な雰囲気でニタリと笑っているような気がした。これは捕食者のそれだ……。

「いいね、いいね。お前みたいな威勢のいいバカは嫌いじゃあない。魔帝国は強くなりすぎてな。お前みたいに喧嘩を売ってくるバカが減ってきているんだ。それに……ハッタリでもなさそうだしな」

はぁ!? この門兵もバカなのかっ!? ついこの前騎士科の一年の生徒にボコボコにされた生徒だぞ！ ハッタリに決まっているだろうがっ！

「坊ちゃま、下がりましょう」

「ネネアっ、そんな薄情なことは――」

「いいですから早く――」

☆

後ろでワーキャー騒いでいるフロイドの言葉は無視して、スタスタと魔導重装兵の目の前まで歩いていく。

「ふぅ。ほんとフロイドはやかましいな。えぇと俺はエルム学院魔法科で落ちこぼれやってるレオだ」

「俺は帝国軍上級一等兵のガークランと言う。コレを着ている奴の中では上の方だな」

「ふーん。じゃああんたより強い人はそれを着てないのか」

「ま、そうだな。これを着ていない軍人は次元が違う。もし俺との戦いで生き残れたとしたら注意するんだな」

「あぁ、忠告ありがと。じゃあやろうか」

「あぁ」

「『炎竜変幻——序』」

竜魔法の身体強化魔法を掛ける。炎竜の力をその身に降ろすというもの。多分こっちの魔法で言えば四音節相当の身体強化魔法だ。

「ほぅ。初めて見る魔法だ。クク、これだから門兵の仕事はやめられんのだよ。ではこちらも——『魔導システム——開始(コンバート)』」

ガークランがその言葉を発すると魔導重装に埋め込まれた魔力回路に魔力が流れこみ、紫色に発光する。そして色んな部分がガシャンガシャン音を立てながら変形していく。

「……カッケーじゃん」

「だろ？　小僧、お前に見込みがあれば魔帝国に誘ってやらんこともないぞ？」

「……いや、遠慮しとく。俺はまだまだ師匠やせんせー、ヴァルさんに教えてもらうことが残ってるからな。というわけでよーい、ドンッ!!」

まずは小手調べに上段から全開の一撃を振るう。

ガキンッ。

左前腕を盾にして逸らされた。見た目通り頑丈だ。破壊するどころか傷がついた感触もない。ま、当然この一撃で勝負がつくなど思ってるわけはないのだから、

「ラァァァアアッ!!」

続けざまに遠心力を乗せた一閃で胴を薙ぐ。殺す気はないが、上半身と下半身が分かれてしまったら謝ろうとは思う。

ガガキンッ。

しかし、これも弾かれる。

「無駄だ。この重装は元々の素材も硬いが、魔力回路によって更に障壁も張られている。小僧の剣では傷一つ付かんよ。さて、こっちの番だっ!!」

背中の部分に推進エンジンが付いており、急発進、急加速、急旋回を自在に行えるようだ。人間の動きとは思えない動きで背中へ回り込んでくる。そして俺をペシャンコにでもしようと、その両腕を振り下ろしてきた。

「んなろっ!!」

剣の腹を上に向け、それを受け止める。その瞬間、両腕、両足にまるでドラゴンに踏まれたような衝撃と重量が掛かる。足元には亀裂が走り、地面が何センチか沈んだ。だが、まぁ――。

「これくらいならなんとかなる」

「ククッ、ガーハッハッハ。小僧、面白いな。まさかその細っこい体で受け止められるとは思わなかったぞ」

距離を取り、手首をプラプラと振る。折れてもいない、大丈夫だ。

「んじゃ、次は、っと」

「おい、小僧？　剣を捨てるとはどういうつもりだ？　もう諦め――」

「殴るんだよ。ラァアッ!!」

ドォォン。

助走をつけ、どてっ腹に拳を全力でぶつける。ビビれば拳は砕け散る。殴るとは即ち気合だ。それがヴァルさんから習った拳の使い方。最初はふざけてるのかとも思ったが、これは本当だった。そして今、俺の拳は握られたままだ。

「うん、硬いな」

「当たり前だ。にしても、よく拳が砕けなかったな。それだけでも大したものだ。だが当然、そんな拳がこの魔導重装に効くわけガッ……」

余裕ぶって拳を避けずにいた結果がこれだ。ガークランの片膝がガクンと折れ、地面へと跪きそうになる。

「……な、何をした」

流石だ。気合が入ってる。油断している状態でアレを食らって、崩れないのは重装だけじゃなく中身も強いということだ。

「んー、しんとーけー、とか言ったかな。どっか知らん世界の達人が鎧の上から通す攻撃ができるって言ってたから教えてもらった。効くだろ?」

「あぁ、この重装を着ている時に限れば一番効いた攻撃だ。どこぞの達人にも小僧、お前にも敬意を表すよ」

「あんがと」

「だが、このまま負けを認める程帝国の兵士は甘っちょろい指導をされてないんでな。まだまだ付き合ってもらうぞ」

「望むところだ。そしてアンタが次に言う言葉を俺は知ってるぜ？　まだまだ本気じゃない、だろ？」

「フ。まるで今まで何度も聞いてきたようだな」

「あぁ、大体今まで相手してくれた人たちで小僧って呼んだ人はそう言ってきたからな」

「なるほど……。では、ここからが本番だ。改めて、楽しもうじゃないか、レオ」

「おうっ」

☆

な、なんなんだ。これは!?　ゆ、夢なのか？　あの落ちこぼれクラスのガキが帝国の魔導重装兵と渡り合っている!?　それになんだあの魔法は——。

「『炎竜の鋭尾』!!　この魔法剣はなんでも溶かすから気をつけろよ!!」

「ふんっ、忠告感謝しよう。ならっ避けるまでだっ!!」

目まぐるしい速さで駆け回る二人。帝国の兵士は当然のこと、レオの動きもまるで戦いの熟練者のそれだ。

「こ、これは一体どうなっているんだ……」

「……さぁ。まぁでも今のあいつを落ちこぼれって言える人は少ないかもしれませんね」

斬る。殴る。蹴る。受ける。投げる。そして最初に使った得体の知れない魔法だけじゃなく、様々な魔法を織り交ぜて使っている。こんな戦い方を学生がするなど聞いたことがない。いるとすればかの三傑レベルだ。

「ふぅ。やっぱ長引くとキツイな」

いや待てよ？　そんなことがあるのか？

「なんだ？　まるで次の一撃で最後にしよう、などと言いそうだな」

もしやあの魔導重装兵大したことないのでは？

「……ガークランさん性格悪いね。さっきの仕返し？　でも、まぁ正解。必殺技ってヤツね」

そう考えたら、なんだかそんな気がしてきたぞおおお!!

「ほぅ。実に興味がある。見せてくれ」

え？　必殺技？　なんだそれは。私も気になるではないかっ！

「エ、エレナ君、あの小僧の必殺技とは一体……？」

「さぁ？　私もあいつがゲロ吐くところは何回も見ましたけど、必殺技なんて見たことないんで」

「エレナー、聞こえてるからなー。ちなみにそんなに何度もゲロはしてねぇ」

「クク。レオ、お前の彼女か？　あれは将来美人になるな。その強さであの器量の女か。いい青春を送ってるじゃないか」

「……どーも」

否定しない、だとっ!? まさかあの赤ガキ、王族のエレナ様とっ!?

「……そんなわけないですから。その必殺技とやらに集中したいから余計なことは流しただけだと思います」

「そ、そうですよねぇ〜。いやはや、平民で落ちこぼれのアイツと、その、エレナ君が釣り合うわけもないからなっ。うんうん」

「…………黙って見ててもらっても?」

「え、あ、はいっ」

こえぇ。なんだよ、王族こえぇよ。もうヤダ帰りたい。ミーナ先生と一緒に帰りたい。

「おや、レオ様の方が構えましたね。随分と低い姿勢……。突き、ですかね」

「……チッ。あのバカ『虎砲』かます気ね！　一度しか見たことないクセにっ!!」

こほう？　なんだ、その口から空気が漏れ出る音みたいな陳腐な技は。

「おい、ネネア。なんだ、そのこほーとは」

「フィーガル流の奥義ですね」

「フィーガル流ぅ？　あぁ、そんな古臭い剣もあっ――ヒィィッ」

また睨まれた。もう黙ろう。喋ったらエレナ様に殺される。もう黙る。私は黙るぞっ!!

「その肩についてるデカイ盾構えた方がいいぜ？」

「……良いだろう。だが、俺にもプライドがある。その一撃この盾すら貫けなかった時は貴様を、殺す」

「あぁ、いいぜ？　ま、そん時は死ぬ気で抵抗するけどな。『炎竜変幻――開』……ッ!!　行くぜ？『虎砲』」

☆

面白い小僧だ。いや、小僧と呼ばれるのを許せないプライドを持った魔法剣士だ。一つの流派とは思えない多様な技術を使いこなし、未知の魔法を使う。この年齢でこの才能、恐ろしさすら感じる。

中でも剣術には思い入れがあるのだろう。これは流派が一つだけだった。

フィーガル流――ウィンダム王国にいた伝説の騎士、フィーガル＝グリンガムを開祖とし爆発的に広まった剣術だ。魔帝国でもその技術は取り入れている。

それ故、フィーガル流を名乗る剣士を目にする機会も相手をする機会も何度もあった。そしてフィーガル流の剣士たちは不思議とこの『虎砲』を好む。かのフィーガルがこの技を以て陸上最強の魔獣ベヒーモスの片角を砕いたという逸話があるからだろう。

剣士というのはこういう伝説に弱い。だが、俺が相対してきた剣士たちの『虎砲』は、どれもベヒーモスの角を折るどころか、人間に風穴を開けることすらできない。まして魔導重装などもってのほかだ。そんな技に盾を構える必要がどこにあるというのだろうか。俺は想像できなかった。

だが、

「なるほど。……これが本物か。どうした？　あと数センチ押し込めば俺の腹に風穴を開けられる

ぞ？」

「……ここまでだったってだけだ。別に手加減とか殺さないように放ったわけじゃない。ガークランさんには申し訳ないけど、背中まで貫くつもりだったよ。でも結果は盾と胸の装甲を貫いただけ。ここから押し込むなんて真似はできない。それにほら――」

そう言ってレオが剣を引き抜くと、剣は根本から崩れ落ち、柄しか残らなかった。

「……なるほど、真実のようだ。レオ、お前が下らん手心など加えていたらお前を殺して、自害するところだ」

「そりゃ危ないところだった。……で、通してくれんの？」

「おー、そうだった。そう言えば来訪者として入国をしたいから戦ったのだったな。ハハハ、忘れていた。いいだろう。レオ、お前は通ってよし。ついでに軍への推薦状も書いておく。気が向いたら覗いてみてくれ。それでもし――」

「いやいや、推薦状はいらないって言ってるじゃん！　んで、俺だけってどういうことだよ！　あそこの三人もまとめて通りたいんだけどっ！」

「……すまんな。それは無理だ。ここは俺が認めた相手しか通せん。それも本来戦うも戦わないも俺の気まぐれだ。だが、レオお前に免じてあの三人と戦ってやってもいい。どうだ？　やるか？」

「……うーん、ちょっと待ってくれ。おーい」

☆

どうやら戦いは終わったようだ。赤ガキもといレオが重装魔導兵となんだか和やかな雰囲気で会話をしている。つまり勝ったということだろう。良くやった。私はすぐにレオの元へと向かい、

「レ、レオ。貴様やるではないか。我が学院は安泰だなっ、ハーハッハッハ!!」

それでこれだけ戦えるのだ。流石我がエルム学院の生徒だ。実力は下から数えた方が早いのに案外大したことなかった魔導重装兵に対して勝ち誇ってやる。

「……それで、レオ？　まずはこの贅肉だるまが相手ということでいいのか？　お前の師であるならばさぞ楽しめるだろうなぁ」

「ヒッ。な、どういうことだレオッ!!　あれは貴様の勝ちではなかったのかっ!!」

だがなぜか不機嫌そうな門兵に喧嘩を売られた。レオが勝ったのなら私たちは通って良い筈だろう!?

「あー、いや、俺はガークランさんに認められたから通っていいって言われたけど、みんなはダメだって。でも、戦って認めてもらえれば通してもらえるってさ」

「なっ、なん……だとっ」

私が戦うのか？　このデカくてゴツイのと？　いや、しかし落ちこぼれ魔クラスの生徒が勝てるレベルだ。教師である私が負ける筈も……いやいやしかし――。

「……なら、私がまずは戦うわ」

「なっ、エレナ様ぁぁぁ、何を仰るんですか!? あなたが死んだら私は王家に殺されてしまいます!! お願いですから滅多なことは言い出さない下さいっ!!」

「何? 王家?」

「あっ……」

重装魔導兵が王家という言葉に反応してしまう。しまった。つい、口が滑って……。こわごわとエレナ様の方を盗み見――。

「ヒッ!! すみません、すみません、すみませんっ!!」

反射的であった。気付いたら私の両手、両膝、おでこは地面を這っていた。身分を隠したいと言った王族の身分を漏らしたのだ。死罪になってもおかしくない。

「ハァ……。フロイド先生、立って下さい。別に怒っていませんから。むしろ変なことに巻き込んだことを後悔し始めてるところです。はい、門兵さん」

ネネアに腕を支えてもらいながら立ち上がる。エレナ様は寛大なお心でお許し下さった。そして『王家の御璽』を取り出すとそれを発動させる。

「ほぅ。まさかウィンダム王家の者が来訪してくるとはな」

「……別に公式な用でもないですし、正式な王族でもありませんから、只の来訪者として通して下さい」

「何を言う。その王家の御璽を持っており、発動できればそれ即ち正式な王族であろう? まぁいい、それなら話は別だ。お前ら全員通ってよし。そこで手続きをして入れ」

くっ。なんなんだ、この門兵は‼　一国、しかもそこらの弱小国ではないウィンダム王国の王族に対してなんたる口の利き方だっ‼

「ぐぬぬぬぬっ」

「坊ちゃま、噛み付くことも吠えることもできないからと、唸って睨むだけではそこらの子犬と一緒ですよ。さ、もう行きましょう」

「なっ。ネネア貴様、主に向かってなんたる口の利き方だっ‼」

「黙れ。後ろがつかえているんだ。さっさと行け。さもなくば入国拒否にするぞ？」

「ヒッ。すみません、すみません、すぐに行きますっ。へへ、よし、お前ら行くぞ‼」

「……もたもたしてたのフロイドじゃん」

「うるさい、黙って私についてこいっ‼」

ホッ、ホッ、私は魔法師だから走るのはやや苦手だ。入国手続きの詰め所まで走っただけで息が切れそうになる。ゆっくりと細く呼吸をして、後ろを振り返れば誰もついてきていない。

「貴様ら、何をやっておーーる！」

「ウィンダムはあんなのでも貴族というだけで従わなければならない者がいるのだろうな。それはそうとレオ、楽しかったぞ。できればお前と一緒に戦える日が来るのを楽しみにしている。この国はいいぞ。実力さえあれば出生など問われない。きちんとその者の能力が評価されるんだ」

「……それはいいね。俺も貴族ってだけで偉そうなやつは嫌いだし。まぁでも大切なダチも待ってるから」

「……そうか。では魔帝国を楽しんでこい。但しここでは王族と言えど無理は通せないと思え。くれぐれもトラブルは起こすなよ」

「あぁ、ありがと。気をつけるよ」

☆

「ネネア、レオ遅いぞ。エレナ様、すでに入場料は支払い、手続きは済ませておりますので、あとはこのブレスレットを巻くだけとなります」

追いついたらフロイドが偉そうに俺たちをなじり、エレナに媚びていた。人によって態度をコロコロ変えられるのはある意味ですげぇと思った。

「……学生として扱って欲しいと言いましたけど」

「やはりそれは無理です。エレナ様に対してそのような態度はもう取れません。この魔帝国にいる間だけでもお許し下さい」

「……ハァ。分かりました。まぁ無茶を言ってるのはこちらですから、仕方ないですね」

あ、エレナが折れた。フロイドはまるで神を見るような目でエレナを見つめ、崇めていた。やはり血筋至上主義な貴族からすれば王族というのは絶対なんだろう。

「で、なんとか入れたけどこれからどうする？　ちなみに俺は背中が寂しいし、折角だから剣を見たい」

　キラキラした目のフロイドなんかどうでもいいから置いといて、これからの話をする。

「は？　ミーナ――ジェイド先生を捜すのであろう!?　そんな剣などどうでも――」

「いいわね。私も魔帝国の魔法武器（マギウエポン）には興味あったし」

「流石エレナ様、私も常々魔帝国の技術には関心がありました。そういうことだレオ、いい提案だったな。では武器屋はどこかなぁ～っと」

　やっぱりすげぇ……。こんなことを恥ずかしげもなく言えるなんて貴族ってイカれてるよなぁ。

「俺だったら恥ずかしくて死にたくなる」

「フフ、レオ様そう言わないで下さい。あんな坊ちゃまでも必死に生きているんです」

「……あ、あぁ」

　目の前でエレナの周りをウロウロ小バエみたいに飛び回って、何事か喋り続けているフロイドを見て、ネネアさんに少しだけ同情した。

「あ、そう言えばアンタ。なんで『虎砲』使えたのよ。一度見ただけでできるようになったなんて天才キャラじゃないでしょ」

　さて、魔法武器はどこにあるかなと探しに行こうとしたらこれだ。急に振り返って、詰め寄ってくる。まぁ絶対ツッコまれると思ったところだから覚悟はしていた。

「あん？　あー、まぁ一応伝言もあったしなぁ。フィーガル様だよ」

「何言って曾お祖父様はとっくに亡くなって――って、まさかアンタ……、冥界で……」

「そ。冥王様のとこで会って修行つけてもらった」

俺は得意げにそう言う。

「アンタ……、わざと黙っていたわねっ!!」

「ま、まさかエレナ様はあの剣聖フィーガル様のひ孫だったのですかっ⁉」

「フロイド先生はちょっと黙ってて下さいね？　で、レオ曾お祖父様は何て言ってたのよ」

シュンとなったフロイドをネネアさんが慰めている。ほらお前のせいでフロイド泣きそうじゃん。

「ん、あー。フェイロ先生と一緒に遊びに来いってさ。儂はココで更に強くなったから色々と教えてやりたいってな」

「何よそれ……。何よそれっ、ずるいっ!!　私だって曾お祖父様に剣を教わりたいのにっ。アンタ、ひ孫の私を差し置いてぇ」

「あっ、暴力はんたーい。だから言うのヤダったんだよー」

わなわなと震えながら拳を握りしめるエレナに両手を上げて、非暴力を訴える。なんでも暴力で解決しようとするのは悪いクセだ。

「……今度連れていきなさい」

「は？　冥界へ？」

「そうよ」

「いや、それは俺じゃなくてヴァルさんに――」

「アンタが私を連れて冥界に行けるようカルナヴァレルさんに頼むのっ!!」

「わ、分かったよ……。一応言ってみるだけは言ってみるけど、ヴァルさんの気分次第からあんま期待すんなよ」

「ん」

連れていけるかどうかは半々だ。ヴァルさんと一年付き合ってみて思ったけど、あの人超気まぐれだからなぁ。

「さて、痴話喧嘩も済んだようですし、一つ提案をさせて頂いてもよろしいでしょうか？」

ネネアさんがシュタっと手を挙げてそんなことを言ってくる。当然痴話喧嘩のつもりはないのだが、このネタでからかわれるのも慣れてきたためその部分はスルーする。反応しなければ飽きて言ってこなくなるだろうし。

「どうぞ」

「ありがとうございます。提案なのですが、ギルドを利用してみては如何でしょうか？　見たところ来訪者の数は少ないので、ギルドで魔法武器の案内をしてもらっている間に同じく依頼としてジェイド様一行を捜索してもらう、と」

「なるほど、いいわね。そうしましょう」

「俺もそれでいいと思う」

「よくやったネネア。ま、私も同じようなことを考えてはいたがな？」

というわけでギルドへ向かうことになった。

「にしても建物にせよ、道にせよ、街全体が金持ってるって感じだな」

「何よ、その感想。世界一の先進国なんだから技術の差よ。まぁ当然その技術から生まれる産業で他国から莫大な利益を得てるのだから世界一金持ちの国でもあるけどね」

「へいへい、ご説明あんがと」

「フフ、本当にレオ様とエレナ様は仲がよろしいんですね。ジェイド様とミーナ様ともちょっと違った——おっと坊ちゃまの前でこの話題は禁句でした」

「ん？　おい、ネネア、今ミーナ先生の名前を口にしなかったか？」

「いいえ。きっとミーナ様が坊ちゃまを想う気持ちが風にでも乗ってきたのでしょう」

「そ、そうか。そうだなっ、うむ、その通りだネネアっ！」

な、なんて単純なんだ。あいつあれで大人なのか？　そりゃ独身だよなぁ。

「あっ、そういやエレナ、お前王族だろ？　じゃあ貴族の許嫁とかいるのか？」

「いないわよ。別に貴族を全部否定するわけじゃないけど、立場で人を見下す人は多いし、そんな人と一緒の空気を吸うなんて絶対嫌だし。でもまぁアゼル様みたいな貴族もいるから」

「あぁー、確かにアゼル様も貴族なんだよな。うん、アゼル様は優しいし、人を見下してもないし、国民のために命を懸けて戦ってくれて、最強にカッコいいよな。いいじゃん、お前アゼル様と結婚——いや、アゼル様にお前はもったいない」

いいじゃんと思ったが、ダメだ。アゼル様にはもっと綺麗でお淑やかで優しい人がお似合いだ。それこそコレットさんみたいな。

「は？　なんでアンタに私の結婚相手をアドバイスされなきゃいけないのよ。殴るわよ？」

「そういうとこだぞ？　なんでお前は師匠やコレットさんの性格を受け継がなかったんだよ……」

俺は心底残念でそう言った。もちろん殴られた。

第四章

episode.04

ヨドとアマネ

I was fired from a court wizard so I am going to become a rural magical teacher.

「着きましたね。ここがギルドのようです」

「イテテ……。おぉー、立派な建物だな。それに、この扉！　わっ」

それを見たらエレナに殴られた腹の痛みなんてスーッと消えた。ギルドの扉はなんとガラスでできていて、中まで見通せる。慌てて近づいてどんなものか見ようとしたら、自動で横に開いたのだ。技術すげぇ。

「ふんっ、この程度でビビりよって――」

「ヨウコソギルドへ。依頼ノ方ハアチラカラ整理券ヲ、請負ノ方ハ――」

「ヒッ!?　あービックリしたぁ。な、なんだカラクリ人形か、お、驚かせよってっ!!」

「フロイドだってビビってんじゃん。えぇと、俺たちは依頼だからこっちの魔道具か。ここ押せばいいのか？」

ぐぬぬと悔しそうにしているフロイドは放っておいて、カラクリ人形に言われた通り箱型の魔道具の前に立ち、これみよがしなボタンを押していいか尋ねる。

「ソウデス。ポチットナ、ト」

「ふーん、ポチっとな」

ウィーン、カシャ、ジジジジ。

「おぉー、出てきた出てきた。へー、おもしろ。エレナ、お前も押してみるかー？」

「バカね。整理券なんか一つで十分よ。それにそんなものにはしゃぐ歳じゃ――」

ウィーン、カシャ、ジジジジジ。

「……コホン、いや、その、依頼は二件ですから整理券も二枚必要かと思いましてな？」

「ハァ……」

エレナが呆れた目でフロイドを見る。そしてなぜかその後フロイドは俺を睨んできた。いや、フロイドお前自分のせいだからな。なんで俺を睨んで俺のせいみたいな態度取れるんだよ。こいつマジで空気読めねぇな。

「整理券四十六番の方どうぞー。初めましてようこそ、ギルドへ。来訪者の方ですね？　来訪者の方ですと依頼内容に制限が掛かり、依頼料も通常より割高になりますがよろしいでしょうか？」

「何ぃ？　随分とアコギな――」

「それで大丈夫です。フロイド先生、どいて下さい」

「あ、はい」

ギルドの職員に食ってかかろうとしたフロイドをエレナがどかした。あいつ俺には容赦ないけど、外面はいいからこういう時は上手くやるだろ。

「依頼内容は二点。一つは魔法武器の工房案内、もう一つは迷子の捜索です」

「ふむ。まず一点目の工房案内は技術の秘匿性から来訪者のご案内はお断りさせてもらっています。しかし、出来上がった魔法武器を並べているお店でしたらご案内できます」

「では、それでお願いします」

「畏まりました。二点目ですが、迷子とおっしゃいますと来訪者の方、という認識でよろしいでしょうか？」

「えぇ、そうです。はぐれてしまいまして、六人組で特徴は――」

「なるほど。ちなみに来訪者の方からは前金で全額頂いております。そして二点目の捜索は見つからなかったとしても返金はございません。ご了承いただければこちらにサインと料金合わせて金貨二枚をお願いします」

「き、金貨にぃむぅごごごご」

　値段を聞いてまた文句を言いそうになったフロイドの口をネネアさんが手で塞ぐ。

「坊ちゃま？　エレナ様にこれ以上ご迷惑を掛けるとカービン家が存続できなくなる可能性がありますので、失礼いたします」

「はい、金貨二枚です」

「確かに。ありがとうございました。では今請負の方に依頼を流しましたので、暫くお待ち下さい。と言っても武具店の案内は比較的すぐに――おっと、もう受諾された方がいるみたいです。お呼びしましょう。えぇと、メアリーさんですね。仕事も丁寧で優しく明るい方です、良かったですね。では、捜索の方も受諾され次第、始めさせて頂き、進捗はメアリーさんに届くように致します。では、よい観光を」

「ありがとうございます」

「終わったかー？」

　エレナがくるりと振り返り、こちらへ戻ってくる。

「えぇ、メアリーさんとかいう人が案内してくれるみたいよ」

「じゃじゃーん。こんにちは！　ボクがメアリーだよ！　君たちが武具店を案内してほしいっていう来訪者さんかな？」

っと、早速来たようだ。俺たちよりは年上だけど若い女性だ。喋り方もそうだが、くるくるの髪の毛のせいで余計ぽわぽわしてる感が強くて、少し心配になる。

「依頼人のエレナです。受諾して頂きありがとうございます。よろしくお願いします」

「レオです。よろしく」

「ネネアと申します。よろしくお願いします」

「プハッ、ネネア貴様、息ができなっ、あーっ！　貴様手袋を替えよって、しかも汚いものに触れたかのようにつまんで捨てただとぉ!?　って、ん？　あぁギルドの者か？　私はウィンダム王国、カービン子爵家、三男のフロイド＝カービンだ」

「うんうん。エレナにレオにネネアに……えと、ドービンだね。覚えたよ！　じゃあ案内するからついてきて」

「ド、ドービンッ!?　き、貴様――」

「おい、ドービン置いてくぞ」

「ドービン坊ちゃま、そんな震えてお腹でも痛いんですか？」

「ドービン先生、いい加減にして下さい？」

「ぐぬぬぬぬ、ま、まぁ良いか。親しみを込めた敬称だと思おう……は、はいぃ只今ぁ～」

エレナにまで呼ばれて怒れなくなったんだろう。そのポジティブさは見習うべきだと思った。

それからメアリーさんに案内してもらって武具店を見てまわったのだが、

「すげぇなぁ……。めちゃめちゃカッコいいな」

「握らせてもらえないからしら……」

俺たちはガラスの中に展示されている魔法武器を食い入るように眺めていた。ガークランさんと戦えて魔法武器を見られただけでもうお腹いっぱいなくらいの満足感だ。

「嬢ちゃんと坊主は剣士かい？」

「あぁ」

「そうです」

眺めていたら店主のおっちゃんに話しかけれた。

「ハハ、そうか。でも残念ながら武器は国民にしか売ってはいけないんだ。触らせてやることもできない。だが、国民になれば別だ。お前さんたちが世界最強の魔帝国軍に入って、うちの魔法武器を買いに来てくれることを願うよ。そのための先行投資じゃないが、見るのはいくら見てってもらっても構わん」

「「ありがとうございますっ」」

店主のおっちゃんは気前良く、その後も色々と魔法武器の説明をしてくれた。

「へへ、この魔法武器屋さんのおじさん優しいでしょー？」

「あぁ、良いお店に連れてきてくれてさんきゅーな！」

「本当に感謝します」

「えへへ～、ボクもこの店に修理とかお願いしてるんだよ。あ、そう言えば二人の得意武器は何かな？」

「「大剣」」

「だよねー。大剣コーナーへの食いつき方が尋常じゃないもんね。なら、ちょっと無理言ってみよっかなぁ。ギャレットさーん、この子たち大剣が得意武器だからこの店のとっておき見せてあげてよー」

　メアリーさんがそう言うと、おっちゃん――ギャレットさんって言うらしい、で、ギャレットさんは頭を軽く掻きながら困り顔で、

「ったく、しゃあねぇ。未来ある若者のため、か。うしっ、嬢ちゃんと坊主だけなら見せてやる。そんかわり、このことは内緒にしろよ？」

　何やらとっておきの大剣を見せてくれるらしい。そんなもの――。

「「はいっ」」

　見たいに決まっている。

「たはっ、目キラキラさせやがって。んじゃついてこい」

「何っ、そんなエレナ様を怪しげな場所に連れ――」

　で、俺とエレナがウキウキでついていこうとしたら案の定、空気を読めないフロイドがしゃしゃり出てきた。

「ギャレットさんの気が変わってとっておきの魔法武器見れなくなったらホント怒るから」

「どうぞ、いってらっしゃいませ。ネネアと二人、こちらで大人しくお待ちしております」

だが、エレナの一喝で直立不動となり口を閉じる。ギャレットさんはこれに苦笑しながら、何も言わず歩き始めた。気が変わらないで良かった。俺たちは慌てて付いていく。

「てか、さっきのってお前の嫌いな権力を使って、人を黙らせるってやつじゃないか？」

「今回は特別よ。それに別に暴力で黙らせても良かったんだけどね。店先に出てた武器だってすごかったのに、とっておきよ？　アンタだって見たいでしょ？」

「……流石だな。口より先に手を出させたら天下一だ。当たり前だ。当然見たい。というわけでグッジョブだ」

「別にアンタのためじゃないわよ。私が見ーたーいーの」

「カカ、いいカップルだな。おじさんからすると眩しすぎるぜ。さ、この部屋だ。ちびるなよ？」

そう言って笑いながらギャレットさんは扉を開けた。中には――。

「炎王剣レーヴァテインだ。我が家に代々伝わる家宝中の家宝だ。どうだスゲェだろ？」

一本の大剣が台座に刺さっていた。炎王剣――その名前の通り、炎の魔力を篭められた魔法武器なんだろう。剣身は漆黒、厚みがあり、まるでドラゴンの牙を削ったかのように荒々しい。かと思えば鮮やかで美しい炎のような紋様が鍔まで走っている。グリップは深紅の鱗様で柄頭には赤くて丸い宝石が嵌められていた。

――ドクンッ。

「え」

その大剣をジッと見つめていたら左胸から大きな鼓動を感じた。

「と、言っても俺が打った剣じゃなくて、今の文明よりずっとずっと昔のものらしくてな――」

――ドクンッ、ドクンッ。

「って、おい坊主聞いてんのかー？」

『聞こえるか？　竜を宿す者よ』

「ま、いいや。んで解析したところ未知の鉱物と未知の生物の素材を混合した超レアな材質でできている……らしい？　多分。ま、未知すぎて解析もできねぇんだわ、ハハハハ」

『我が名は炎竜レーヴァテイン。朽ち果てた体と魂がなんの縁あってかここに流れつき、生まれ変わったもの』

「でも鍛冶師の端くれならひと目見ただけで分かる。こいつは只の剣じゃねぇ。本当に炎を宿したような、いやまるで生きてるかのような……な」

『長かった。ようやく我の声が届く者が見つかった。少し話そうではないか』

「で、当然軍は回収しにきたんだが、誰も抜けないんだ。歴代最強と言われている現皇帝シュナイザー様にもだぞ？」

『もうどれ程になるだろうか。数えるのもバカらしい時間をこの身になって過ごしてきた。今の我は剣。斬るのが本懐だというのに、こうして台座で寝ているだけ』

「剣……斬る……」

「あぁ、そうだ。言い伝えによるとこの炎王剣を台座から抜いたものはいないってんだから、こんな立派なのに、何も斬ったことはない童貞だって言うんだ。悲しすぎるだろ？　おっと、嬢ちゃん変な言葉使って悪いな」

『クク、その通り、我は未だになんの存在価値も示せていないのだよ。竜を宿す者、貴様の名はなんという？』

「レオだ」

「は？　おい、坊主、急に名乗ってどうした？　あぁそうか坊主じゃねぇってことか。うしっ、レオ続きなんだが――」

『レオ、我が身を振るってはくれぬか？　我が炎を食らう覚悟はあるか？』

「で、なんでそんな剣がうちにあるって、こっから動かねぇし、その剣の手入れに関しては一族代々受け継いできた技法を使わなきゃいけねぇからよ。そうやって現皇帝や歴代皇帝から下手に動かすなと命を受け、我が家で大事に保管しているってわけだ。つまりこんな国宝級のものを来訪者に見せたら俺は殺される。おっちゃんの優しさを仇で返すなよ？　って、おーい、坊主―？　さっきから心ここにあらずだな。ま、分かる。俺も一日中こいつを眺めてっておい、お前何しようと――!!」

「ちょっと、アンタおかしいわよ。どうしたの――」

急に剣に近づいた俺にギャレットさんとエレナは困惑している。でも俺は口角が吊り上がるのを止められない。つまりニヤけているわけだ。

「おい、エレナ。すげぇ奇跡が起きたぞ。見つかった」

「は？　なんのことよ。見つかったって……」

わけが分からない様子のエレナに返事を返さないで、これが答えだとばかりに俺はレーヴァテインを握る。

——ドクンッ。ズズズズ……。

「おい、おい、おい、おい、おい!!　う、嘘だろっ!?　お、お前、剣が、台座から、え、えぇぇぇぇえ、えぇぇぇええええ!?」

ドサリ。

「だ、大丈夫ですかギャレットさん!?　ちょっとレオ、アンタ何してんのよ!!」

「こ、腰が……。いや、それより、レオ、お前……、くわぁ、剣身はそうなってたのか……、う、うぅ、な、なんて美しい剣なんだ……」

完全に台座から抜けた。ギュッと握り、魔力を流すとその黒い剣身に赤い魔力が走り、剣身全体からゆらゆらと黒炎を吐き出す。

『ギャレットよ』

「え、誰だっ!?　はっ!?　え、まさかっ……、嘘だろっ!?」

「け、剣が喋った……？」

『我は炎竜レーヴァテイン。お主の一族には世話になった。先代もその先代も何代にも渡り、なんの本懐も果たせぬ我を守り続けてくれたこと深く感謝する』

「……そ、そんなぁ。その、そのお言葉だけで先代たちも報われますっ、うぐっ、うぅ」

レーヴァテインの念話が部屋に響き渡る。その威厳ある深い声にギャレットさんは涙を流した。

「ギャレットさん……。ちょっとレオ、説明して」

だが、そんなことと言っちゃ申し訳ないが、そんなことより驚くのは、

「え、まだ分かんねぇの？　これ旦那」

「は？　旦那って？　誰の？」

「いや、だからコイツの」

自分の左胸を拳でトントンと叩いてみせる。

「え、まさか、それって前に言ってた……」

そう、俺の左胸の魔力器官に宿る竜が捜していた相手。浮気がバレるのを恐れて魂になってまで逃げ続けている旦那――。

「あぁ、というわけでご対面だ。『炎竜開放』」

一日に一度きり、僅か数分だが俺の中からメーヴェを解き放つことのできる竜魔法。その効果とはズバリ、俺の左肩から――。

「アンタ……それ……」

「あぁ、紹介するな。俺に憑いている炎龍妃メーヴェだ」

「はいはーい、こんにちは～」

俺の腕と同じくらいのサイズになった竜の首が生えてくるというものだ。完全な竜形態の時は念話

で喋るのになぜかこのサイズだと普通に声で喋る。

『なっ、メーヴェだと言うのかっ!! わ、我が愛しの伴侶よ!! お前と会うのを何百年待ちわびたことかっ!!』

「はい、アナタ久しぶりね? とりあえず黙って。今から聞く質問に嘘偽りなく答えなさい。もし、嘘偽りがあった場合、へし折るわよ」

感動の再会になる筈……とは思わなかったがやはりならなかった。メーヴェは静かに怒っているようだ。

「……な、何がどうなって、お前肩からバ、バケモノが……、いや、へし折る? こ、国宝をか!?」

俺の肩から生えたメーヴェと剣が会話しているのを聞いて、ギャレットさんは腰を抜かしたまま取り乱している。状況がまったく分からないだろうからそれも仕方ないだろう。流石にこの剣をへし折られたらギャレットさんの命が危ないので、それだけは絶対に止めようと心に決めた。

『質問……だと? い、一体、な、なんだ』

そしてメーヴェの言葉に対して、先ほどまで威厳のある声でスラスラと喋っていたレーヴァテインが聞いてて悲しくなるほどに狼狽えているのが分かってしまい、目を伏せたくなる。

「浮気、した?」

ピシリッ。空気が一瞬で張り詰めた。今にもこの空間にヒビが入り、粉々に砕け散りそうだ。俺は右手に握ったレーヴァテインを見つめる。この柄に滴るのは果たして俺の手汗なのか、それとも……。

『…………して、いない』

「はい、へし折る。レオ、その剣を私の顔の前まで持ってきなさい」

「いや、待てメーヴェ。折角会えたんだから、そのへし折るのは可哀そうだと思うんだ？　それにレーヴァテインは浮気していないって……、言ってるんだし……」

段々語気が弱くなってしまう。いや、誰がどう見てもレーヴァテインの返事は嘘だと分かる。なんで、こんな下手なの？　バカなのか？

『うぐぐぐ、し、仕方なかろうっ!!　ど、毒妃龍が何度も何度も誘ってきたんだ!!　俺は何度も断った!!　それにいざ浮気する直前に毒尾を刺されて死んだんだぞ!!　俺は被害者だっ!!』

バカであった。逆ギレした挙句、浮気の直前に浮気相手に刺されて死んだと暴露しやがった。なんだこれ、何が威厳のある声だ、さっきのギャレットさんの一族に感謝をした場面台無しじゃねぇか。

「……ん」

なので俺はそっと右手を持ち上げ、その剣身をメーヴェの口元へと近づける。へし折られてしまえ、だ。

「何、アンタ勝手にバカなことしてるのよ」

「いでっ」

と、思ったら後頭部をエレナにはたかれた。ガギンッ。その衝撃で右手がぶれたおかげでメーヴェの噛み砕きは空振りに終わった。

「ねぇ、ギャレットさんの話、聞いてた？　あんたそれ魔帝国皇帝が監視する国宝よ。抜けたから貰いますで貰えるわけもないし、ましてへし折りましたなんて言ったら、確実に処刑よ。はい、戻して。

台座に戻して」

「『え……』」

俺とギャレットさん、そしてレーヴァテインまでもが呆気に取られる。いくら浮気を怒られるのが怖くて逃げていたとは言え、数百年ぶりの夫婦の再会にこうも簡単に水を差せるとは。

「な、何よ。そりゃ私だって奇跡的で運命的な再会だと思うし、これから二人が時間をかけて関係を修復してくれればいいな、とは思うわよ？　でもこれ国宝だから。アンタは皇帝から下賜されたわけじゃないんだから盗人よ？　下手したらどころか魔帝国なら軍を率いてウィンダム王国に戦争を仕掛けてくるわよ？　分かる？　アンタがそれを盗んだら何百、何千、何万の人が死ぬの」

俺は頭をガシガシと掻く。どうやら真面目に言ってるみたいだ。そして溜め息。

「レーヴァテイン……。すまない、折角メーヴェと一緒になれたって言うのに、ようやく剣として生まれてきた意味を見つけられると思ったのに、そういうことだ……」

『コホン。……うむ、仕方あるまい。いや、良い。ひとときだけでもメーヴェの魂に触れられたこと、我を剣として振るおうとしてくれたこと感謝する。それに今までギャレットの一族に礼を言えなかったからな、この機会に言えて良かった。ありがとう』

俺はレーヴァテインにそう告げる。レーヴァテインは威厳のある声と口調に戻り、感謝の言葉を口にした。いやもう威厳はまったく感じないけど。

「逃げれらると思ったの？　レオ、絶対にそいつ持ち帰りなさい。持ち帰らなかったらアナタの魔力器官を食ぃ破るからね？　時間切れだから眠るけど、絶対よ？　アナタも逃げたらへし折るじゃ済まないから。じゃ、ね」

　そんな別れを惜しむ場面で左肩のドラゴンは実に冷めた声で淡々とそう言うと、光の粒子となり消えた。後に残されたのは気まずい沈黙だけだ。そんな時だ。

　コンコンッ。

「ギャレットさんっ、メアリーですっ！　そ、その、店に三つ首が——」

「何っ!?　ちょ、ちょっと待ってろ！　おいレオ、この話は後だ。ちと厄介な連中が来たようだ。剣は台座に戻しておけ」

「ん。また戻ってくる」

『……待っているぞ』

　ギャレットさんの真剣な様子にコクリと頷き、剣を台座に戻す。

「で、三つ首がなんの用だってんだ」

「ここに連れてきた来訪者を出せ、って言ってるんですぅ」

「チッ。おい、小僧、嬢ちゃんお前らここに来るまでにトラブルを起こしたか？」

「……門兵と戦った」

「それくらいね」

「門兵？　魔導重装兵とか？　カカ、それで生きてるとは大したタマだ。だが、そんなんじゃヤツらは動かねぇ。チッ、なんだってんだ。お前らも一緒に来い」

それに頷き、ギャレットさんに付いていく。それにしても先程からの三つ首という呼び方。何かの暗号だろうか。その答えはすぐに分かった。

「キヒヒ、どうも。『三つ首の狼（サーベラス）』の使いっぱしりのボロと申しますでさぁ。いや、お忙しい中すいやせんねぇ。あっしが案内した来訪者を捜しているという情報が入ってきやしてねぇ」

俺より小さいボロで身に包んだ男の腕には三つ首の狼が彫ってあった。つまり、そういう集団なんだろう。

「証拠はありますか？」

「んー、そういや案内途中でジェイドと名乗る方がこの前レオと食べたラーメンが美味かった、と仰っていやしたが、あなたが――」

「レオだ。どうやら本当のようだぜ？」

そんなことを知ってるのはそれを見たラーメン屋の人と、俺とせんせーくらいだ。でまかせにしては的確すぎる。恐らく本当にせんせーたちを案内したんだろう。原典廻帰教の元へ。

「お前らの知り合いはまさか下界部へ案内されたのか？」

「キヒヒ、えぇ、その通りでさぁ。会いたいのであれば連れていきやすが、その案内は恐らくあっしらにしかできないことでさぁ」

下界部？　この怪しい奴しかできないって、メアリーさんじゃダメなのか？

「ごめんね、レオくん。ボクじゃ下界部は無理なんだ。案内してもらうには下界部の住人である闇ギルド『三つ首の狼』を頼るしかないかも……。そこはすごく危ないから、その……命の危険も……」

メアリーさんの方をちらっと見たら、申し訳無さそうにそう教えてくれた。

「なっ、そ、そんな危険な場所行ってたまる――」

「確かに、これは引き際ですね。十分冒険ごっこは楽しめましたし、レオ様、エレナ様、悪いことは言いません。退くべきです」

当然フロイドはビビっている。そして今までほとんど口を出してこなかったネネアさんも厳しい表情で撤退を勧めてきた。

「………だってよ。どうする？」

「……やめね。これ以上は好奇心で進むべき場所じゃないってことよ」

となれば、俺も無理に行こうとは思わない。四人の意思は決まった。

「キヒヒ、了解しやした。では案内はキャンセルとさせて頂きやす。他の方はどうぞお帰りを。ですが、エレナさんあなたは招待しろと上から言われてやして、ねっ!!」

「ガハッ――うっ」

「てめっ、何しや――」

するりと音もなく蛇のような動きでエレナの懐に潜り込むと、強烈な一撃を腹部に食らわせる。一撃でエレナは気絶させられ、ボロは力の抜けたエレナを肩に担ぐと信じられない速さで走り出す。

「待てっ!!　くそっ!!」

俺はすぐさま追いかけた。

「あっ、待て、レオっ！　おい、ボロのお前ぇー!!　エレナ様を下ろせっ!!　おい、お前ら人さらいだ!!　街をうろついてる兵士たちにっ――」

「坊ちゃま、無駄です。恐らく裏組織と揉めたくはないでしょうから来訪者の一人や二人攫われても何もしてくれませんよ。エレナ様とレオ様を追いますっ」

「チッ、行くぞ!!」


『『炎竜変幻――序』』

チッ。速い。気絶した人間一人運んであの速さは信じられない。だが、身体強化魔法を使えば、追いつくことができた。思いっきり拳を振るう。エレナが怪我したら腹いせに殴られてやればいい。

「キヒヒ、中々すばしっこい小僧でさぁ。っと、危ない危ない。そんな本気の拳当てたらこの子死んじまいやすぜ？」

「そんなんで死ぬタマじゃねぇよ。オラァッ!!」

「ヒッ。ふぅ、ヒヤヒヤしやすねぇ。まったく割に合わない仕事でさぁ。ほいっと」

「わぷっ、てめぇっ!!　ごほっ、ごほっ――いでっ」

ボロの男は前方に向かって何かを投げた。一瞬で白煙が立ち込め、その中に一緒に突っ込んでいったのだが、ツンとした刺激臭のあと、涙と咳が止まらない。目を開けていることができず、目を閉じたまま走っていたが、何かにぶつかって転んでしまう。

「チッ。ふざけやがってぇぇ!!」

急いで立ち上がり、薄目で空を確認すると全力で翔ぶ。白煙から抜け出し、ぼやけた視界でボロの

男を捜せば、

「いたっ!!　待てぇぇぇ!!」

「待てと言われて待つバカはおりやせんよ」

距離をまた離されてしまったが、見つけることはできた。それからなんとか見失わないよう追って辿り着いたのが――。

「ふぅ。しつこい方でさぁ。子供の体力ってやつは侮れやせんねぇ。でもそれもここまで」

「エレナを返せ」

「残念ながらそれは無理な相談でさぁ。あとは頼みやすよ」

ボロがそう言うと、薄暗い巨大な穴から何人もの男たちが出てくる。やることは簡単だ。ここでこいつらを見逃せば追ってくる。つまり、気絶させるか――殺すかだ。

「おや、その歳で随分怖い目をしやすねぇ、キヒヒ、それじゃ――あぶなっ」

ドォォン。

今まさに男どもをぶっ飛ばそうと駆け出す瞬間に、空からものすごい速さで何かが飛んできて、ボロがいた場所に土煙がもうもうと上がった。

「あら、避けられてしまいましたか」

「ネネアぁぁぁ!!　私の防御障壁魔法が少しでも弱かったら、私が死んでいたぞ!!」

さぁっと土煙が晴れた後、クレーターから立ち上がったのはフロイドだ。

「レオ様、ここは私と坊ちゃまがなんとかします。レオ様はエレナ様を」

「ふんっ。必ずやエレナ様を取り返してこい」

「……あぁ！」

「ハァ……。逃げるが勝ちでさぁ」

ボロは溜め息を一つつくと、ひょいっと穴へと飛び込んでいく。

「待て!!」

追いかけようと駆け出した瞬間、男が間に割り込み、短剣を振りかぶった。

「おぉーっと、いかせねぇ——」

「どけ」

「へぶらっ!!」

俺はそのままの勢いで跳躍し、男の横っ面に全力の裏拳を食らわす。男がどうなったかは知らない。

その時すでに俺は穴へと落下をしていたから。

☆

「待て、ガキっ!!」

「待つのはあなたたちですよ。全員まとめてお相手いたします。死にたい方から前へ」

「……へ。んじゃ全員まとめてお相手してもらおうぜ！」

湧き立つ下衆ども。男たちの脳内は簡単にレオ様の追跡から私への陵辱へ切り替わった。こんな下衆に容赦はいりませんよね？

「さぁ、泣き叫べ？　三つ首の狼に喧嘩を売ったこと、後悔さ――ヒュ」

「申し訳ありません。ペラペラうるさいのと、息が臭いので」

仕込み短刀で喉を掻き斬る。噴水のように血を吹き出しながら、男はドサリと地面へ転がった。

「何、ボサっとしているんですか？　全員あぁなるんですよ」

「え？　はぎゃっ」

ボサッとしていた男の後ろに回り込み、暗器七寸針（ななすんしん）を左耳から右耳へと通す。

「おい、お前らアレを女だと思って甘く見ると殺られるぞ。容赦なく殺せ。んで――死体で楽しもうぜ？」

仲間が死んでも平然としており、それどころか耳障りな笑い声を上げる始末。

「下衆の極みですね。ですが、おかげでなんの躊躇いもなく殺せる分ヤりやすくて助かります」

「ひゅ～、気に入った。四肢を斬り落として、歯と舌を引っこ抜いて、転がることしかできなくなったお前を犯し尽くしてやるよ」

「と、仰ってますが坊ちゃま？」

「この侍女はカービン家が預かっている。傷一つつけることは許さん。貴様らの腐った性根、焼き尽くしてくれるわっ!!　『爆散し踊る業炎（フレイ・バースト・イクゾ）』」

坊ちゃまの魔法が何人かの男に引火し、断末魔と火の粉を撒き散らしながら燃え上がる。

「チッ、あのデブを殺せぇぇ!!」

「おっと、そうはさせません」

坊ちゃまを標的にして走り出した男の首にワイヤーを掛け、

「へっ、えぎゅ」

コロコロコロ、コテンッ。首を落とす。

「この魔法金属ワイヤーは非常に細く、強靭で、鋭利です。気付いた時にはあの世ですので」

「良くやったネネア。ほーれ、貴様らにはこれだ!!『爆散し踊る業炎』『爆散し踊る業炎』『爆散し踊る業炎』!!」

「あぢぃいいいい、ぐあぁぁぁあああ」

「……チッ、一斉にかかれぇぇぇ!!」

「「「「うおおおおお!!」」」」

「フフ、カービン家を――」「舐めるでないぞおおお!!」

☆

「待てぇ!! 待てっつってんだろこのボロ野郎がぁぁ!!」

「……なんであのガキはこの下界部に初めて来て、あんなに元気に叫べるのか不思議でさぁ。普通ビビるもんで――ヒッ、あっ」

追いかけて思いっきり殴ったら避けられたが、足をもつれさせて転ばせることができた。ドサリとエレナが放り出される。慌てて、近寄り――。

「おい、エレナ大丈夫か!?」

「…………」

何度か頬を叩きながら声を掛ける。が、意識は戻ってこない。

「ハァ、落としちまいましたかぁ。まぁもうここまで来ればあっしの仕事は完遂したようなもんでしょう。ねぇ？　旦那ァ？」

ボロがそう言うと後ろからは――。

「あぁ、十分だ。それにこのガキもいいオマケだ。人質は一人より二人。交渉材料は一つより二つ。ボロ良くやったぞ？　下がっていい」

今までの薄汚れた服を着ていた男たちと違い、高そうな革のジャケットを着ている男が現れた。

「ありがとうございやす。では、あっしはこれで。あ、鬼ごっこ楽しかったでさぁね。それとご愁傷さま」

ボロはそう言うとそそくさと消えていった。

「で、アンタ誰？」

「んー？　俺か？　俺はこの下界の王だ。『三つ首の狼』の代表、ベルデッタっていうもんだ」

男はパサリとフードを外して、そう名乗った。上背があって獰猛で冷たい目つきで見下してくる。

「ふーん。で、その下界の王様がなんの用だ？　こいつを攫ってどうするつもりだよ」

「うーん、お前喋りすぎ。俺、王よ？　何、対等に喋ろうとしてるわけ？　いいか、良く聞け小僧」

動けなかった。一瞬で後ろに回り込まれて、耳元で話しかけられる。

「対等に喋りたければ力で示せ。理由を聞きたいならねじ伏せて聞き出せ。そしてそいつを盗られたくないなら——俺を殺せ」

「ガハッ——」

思いっきり背中を蹴られて、無様に吹っ飛んで転がる。

「ギャハハハ、お前らを使うまで少し時間があるからな。遊んでやる。ほらかかってこい。俺は気分屋だからな、何発か殴られたらめんどくさくなって帰ってやるかもしれんぞ？」

「ハァァァッ!!」

「へぇ、中々に喧嘩慣れしてるじゃねぇか。ちっとは楽しめそうだ」

☆

原典廻帰教の教徒と思しき男に案内され歩くこと十分。

「ここだ」

どうやら着いたようだ。教徒は扉の前まで案内すると立ち去っていく。ギィと音の鳴る巨大な扉を開けると、

「ようこそ。皆様、遠路はるばるご苦労様でした」

見覚えのある顔だ。

「フラタリア大聖堂の……」

「おぉ、おぉ、そうです、そうです。フラタリア教で大司祭を務めるパラムと申します。あれを見ましたか？　外壁一面に自分の顔を晒されているのはあまり良い気分ではないのですがね、ハハハ」

そう言ってパラムはピシャリと丸めた頭を叩く。

「パラムとやら化かし合いは時間の無駄だと思わないか？　私たちは原典廻帰教の幹部に会いにきてる。そこで尋ねたい。生臭坊主はもしや掛け持ちをしてるのかね？」

エメリアだ。主導権を握ろうと強い言葉でパラムを問い詰める。

「……そうですな、化かし合いはやめるとしましょう。その問いに対しては、私は掛け持ちなどしているつもりは一切ないと言っておきます。他所様から見るとそう見えるかもしれませんがね。フラタリア教は国から預かった仕事、私は原典廻帰教の敬虔な使徒ですよ、銀の魔女。で、そちらの少女がアマネさんですね？　お会いしたかった。さて、棺まで案内いたしましょう。ここから更にもう一段地下へ下りますよ」

パラムはこちらの素性など全て把握しているとばかりに皆の顔を眺めてうんうんと頷き、部屋の先にある階段を下りていく。当然、ここまで来て引き返すわけにはいかない。俺たちはその背中を追う。

コツコツ。

随分と長い時間石階段を下りた気がする。パラムの背中は隙だらけで今なら拘束することだって——

——。

「ちょっとジェイド？　大丈夫？」

「ん？　あぁ、大丈夫だ」

「フフ、年寄りの私が平気なのに近頃の若者は足腰が弱くていけませんなぁ、ハハハハ」

ミーナに声を掛けられてハッとする。何が喧嘩を売るような真似をするな、だ。俺自身がその火種を放るところだった。

頭をブンブンと振って、物騒な考えを追い出す。それ以降は極力気持ちを落ち着かせながら、階段を下りることに集中し、ようやく、

「さぁ、着きました。魔帝国で最も重要かつ貴重な場所です。極々一部の者しか入ることを許されない永柩の間です。どうぞ」

着いたようだ。石の扉にパラムが手を宛てがうと扉に魔力が走り、ズズズズと左右へ開く。

「……空気が冷たいな」

部屋は灯りもなく真っ暗だ。扉から流れ出てくる空気は異様に冷たい。

「えぇ、そうでしょう。ここは一年中この温度ですよ。実に厳かな気持ちにさせられます。少々お待ちを」

パラムは笑いながらそんなことを言うと、コツコツと部屋の中に進み、パチンと指を鳴らす。

ボッ、ボッ、ボッ。

その直後、部屋の壁に等間隔に並べてあった蝋燭……いや、よく見れば蝋燭に似せた魔道具に火が灯っていく。

「どうぞ」

明るくなったところでようやく部屋の全容が分かった。と、言ってもガランとした石畳の部屋には物などほとんど何もない。あるものと言えば——。

「原始の魔法使い、災厄の魔女と罵られ、畏怖されたヨド様の棺です」

中央に鎖で雁字搦めになった棺くらいだ。そして棺の下には魔法陣が鈍く輝いており、半ドーム状の結界が張られている。

「さて、こちらの要望をお伝えしましょう。この棺の封印を解き、ヨド様を復活させて頂きたい」

「俺たちの要望も伝えよう。この少女——アマネの中からヨドを追い出したい」

「では利害一致ということでよろしいでしょうか？」

ここまではな。

「……その棺の中には何が入っている？」

利害は一致する可能性はある。例えばその棺にヨドの肉体があり、アマネの体からその魂を追い出せればいいわけだ。だが、戻れない場合は？

「いなを仰る。当然、ヨド様がお眠りになっていましょう」

「朽ちてない、と？」

「ハーハッハッハ、なるほど。黒の影、あなた程の魔法師なら分かる筈だ。死して千年経っても尚誰も解けぬ結界。魂が失せて尚、自身の体を保全しようと冷気を出し続ける魔法陣。現存する魔法師でそんなことができる者などおらぬでしょう。例え御身が朽ちていようとも封印が解け、本来の肉体に戻れば一瞬で再生されるでしょうな」

「では、そもそもその棺が偽物で――」

「黒の影よ、みっともないことはやめませんか？　ここまで来て確証なんてものを欲しがるのは傲慢というものですよ。それに――あなた方には選択肢などありません。……フフ、実に良いタイミングですよ、ベルデッタ」

コツコツコツ。

後ろから足音が聞こえる。警戒して仲間が待機しているのは当然だろう。だが、何人来ても脅しには――。

「せんせー、俺ちょっとは強くなったと思ったけど、エレナのこと守れなかった……ごめん」

「パパ、みんな……ごめんなさい」

「なっ、レオ、エレナ!?」

現れたのは長身痩躯で眼光が鋭く、狼のように獰猛さと俊敏さを兼ね備えているような一人の男だ。

その両手にはレオとエレナの首が掴まれている。

「おいおい偉そうに言うじゃねぇか、パラム。おーっと、お前ら、一応忠告しておくが動くなよ？　どんだけお前らが速く動いても、どんな魔法を使っても反射的に両手を握るくらいはできる。こいつらの首の骨が砕けて頭がぷらんぷらーんはイヤだろ？」

「ふざけ――」

「すみません、ジェイド先生」

俺が激昂して食ってかかろうとしたらフェイロ先生に止められた。そして、

「その方、ちょっとよろしいですか？　あなたが手にしているのは私の娘と弟子です。丁重に扱って下さいね？　その二人の命とあなたの命は等しいですから。意味分かります？」

フェイロ先生から静かだが凄まじい殺気が放たれる。

「へー、心地いい殺気出すじゃん。このガキ中々楽しめたからな、お前はもっと楽しめそうだ」

「あー、ちなみにそっちの小僧は我の弟子でもある。残念だがもしフェイロを殺せても我が必ず殺すから変な気は起こさんことだな。貴様みたいな奴なら相手の強さは分かるであろう？」

ヴァルの眼光が竜のそれになる。一瞬で部屋が剣呑な空気に包まれた。

「ヒュー、こえぇな。あんたがとんでもない化け物だってのは分かる。戦う前から俺より明確に強いって分かったのはアンタで二人目だな」

「いやはや、皆さん血気盛んですな。でも勘違いしないで下さい。これは保険ですよ。黒の影、あなた方との交渉を少しだけ有利に進めたいだけです。例えばどちらかが譲歩しなければいけない場面が来た時、その天秤をこちらに傾けるための重しです。さぁ、まずはその少女の中に入っているヨド様を覚醒させて下さい。何度か覚醒させたことがあるでしょう？」

やはり覚醒させたことまで知っているみたいだ。

「ぐっ、けほっ」

迷っているとベルベッタと呼ばれた男がレオの首を締める。

「チッ……。アマネ、左手を」

「ん」

アマネは包帯と眼帯を外し、左手を差し出してくる。俺はそこにゆっくりと魔力を流し――。

「グッ……」

ヨドに吸わせる。そして、

「……ふぅ。十分に魔力を喰ろうた。よい目覚めだ。どうやらきちんと言いつけ通り、妾の暗所まで足を運んだみたいだの。労ってやろう」

アマネの左腕までだった呪詛はその範囲を広げ、左肩まで及び、その右目は金色に変わっている。

そしてその口からは普段のアマネとは違う粘りつくような声が発せられた。

「おぉぉおお、おぉおおおお、ヨ、ヨド様ぁっ!! お待ち申し上げておりましたぁ!!」

かと思えば、パラムは滂沱の涙を流し、額を石畳に擦りつけて阿(おもね)っている。

「ふむ。貴様など知らん。のけ、邪魔ぞ」

「ハッ、すぐに」

ぞんざいに扱われても全く気にしていないようだ。

「確かジェイド、と言ったかの。ついて参れ。手を離すなよ?」

今尚俺の手からは魔力が吸われている。覚醒に必要な魔力を供給し続けろということだろう。俺は頷き、その歩調に合わせ、棺へと近付く。

そしてアマネ――ヨドの右手が結界に触れる。

パリンッ。ジャラジャラジャラ。

結界は砕け散り、鎖はまるで意思を持ってるかのように自らを解き、床へ放射状に広がる。重そうな棺の蓋もやはり勝手に動き始め――。

ズドォン。

床へと落ちる。棺を覗き込むと――。

「千年間も眠りこけている妾の寝顔を覗き込もうなど無粋ぞ？　見るな」

「……」

寝顔もへったくれもないと思ったが、逆らってややこしくなるのはもっとバカらしい。俺は黙ってそれに従う。

「さて、これより転生の儀を行う。――――――――」

ヨドはそう言うと、右手を棺の中に伸ばし、古代魔言と思しき魔法を唱える。棺の中は淡く光り始め、そしてその口から、

「ふむ、あとはこちらの体を殺すだけで完了だ。誰でも良い。この少女の体を殺せ」

到底許容できない言葉を発した。

「おぉ、神よ。まだ幼き少女になんという酷な運命を！　だが安心したまえ。ヨド様の器として生きてきた功績を讃え、来世では幸多からんことを毎夜祈ろうではないか。天に召せぇぇぇぇ!!」

ふざけたことを抜かしながらパラムが懐から短刀を取り出し、突進してきた。

「おぉーっと、お前らこういう時のためのこいつらだからな？　そいつを止めたらこいつらが死ぬぜ？」

その愚鈍な突進など俺でもフェイロ先生でもヴァルでも誰でも止められる。だが、動けない。動い

たら死ぬ？　レオが、エレナが？　動かなければ死ぬ？　どちらにせよ俺の生徒の誰かが死ぬと言ってるのだ。だが、そんな時、

「ひょー、寒いっ!!　おい、ネネア寒いぞっ!!」

「坊ちゃま、状況をよく見て下さい、それどころではありません。あ、それとそこのお方。手首落ちてますよ」

「あん？　何言って、あれ？」

あり得ないことだが、フロイドがこの場に現れた。それからは一瞬だ。ベルデッタの両手首がポロリと落ちた。その瞬間フェイロ先生とヴァルがベルデッタを吹き飛ばし、二人がかりで拘束する。ミーナがエレナとレオを回収し、そして突進してくるパラムはエメリアの魔法で拘束されていた。

「……ふむ。上手く行ったな。全て私の作戦通りだ」

「まぁ、そういうことにしておきましょう」

フロイドの作戦通りなわけはないが、二人のおかげで生徒たちの命が助かったのは確かだ。止めていた呼吸をフッと再開することができた。

「ギャハハハ、いってぇ。パラムすまねぇ、人質を手首ごと奪われちまったぜ」

「むごごごご、離せっ!!　そこの、そこの少女を殺させろっ!!」

形勢は逆転し、少なくとも俺たちに選択肢が戻ってきた。

「ハァ……。役に立たぬな。誰か他におらぬのか」

それをぼんやりと眺め、辟易した声で喋るのはヨドだ。しかし、そう、本来の目的に対する状況は

好転していない。アマネの身体からヨドを追い出し、無事アマネを連れ帰るという目的だ。

「ヨド、アマネを殺す以外の方法はないのか」

「ないな」

「なら、私が殺そう」

「は？」

そんな声が風に乗って聞こえてきた。その瞬間、既に俺の隣の少女の胸からは赤く染まった剣が生えていた。

「キャァアアアッ!!」

ミーナの叫び声がどこか遠く聞こえる。目にも留まらぬ速さで駆けてきた男はなんの躊躇もなく突き刺した。そして呆然とする俺の横で刺されたアマネは――。

「センセイ――、ごめ……」

そう言って力なく床へと倒れ込んだ。

「おい、アマネ？　おいっ!!」

「……ふむ良くやった。転生完了だ。久方ぶりの妾の肉体。ふむ、この魔力。そこの男礼を言うぞ」

後ろでは棺の中から転生を終えたと言うヨドがゆらゆらと長い髪をなびかせ、浮かび上がってくる。

その肌は陶磁器のように白く、何百年前の死体が蘇ったとはとても思えない。金色の刺繍が入った黒いローブも新品同様だ。そしてその面影がどこかアマネに似ていることが余計に心をざわつかせる。

「シュナイザー様っ、申し訳ありません、ありがとうございますっ。おぉぉぉぉおお、あれがヨド様本

来の御姿!!　神々しい、実に神々しいっ!!」

「ハッ旦那ァ、ケツ持ってもらって悪いねぇ」

どうやら今現れた男――シュナイザーとやらはフェイロ先生とヴァルまでをも弾き飛ばし、パラムとベルデッタを助けたらしい。だが、そんなことはどうでもいい。

「チッ。血は止まったが流れ過ぎた。それに魔力がほとんど空だ。魔力器官に突き刺したな、あの男ッ!!」

エメリアが懸命にアマネの命を救おうとしていた。そう今はアマネの命以外は些事だ。この命を救うにはどうしたらいい？　俺には何ができる？　今の俺に何ができる？

「ヴァル……」

「……無理だ。この少女の身体では我の血は耐えられん。逆に死を早めてしまうな」

ヴァルの血でも無理。となれば、

「ヨド。アマネに恨みはないだろ？　せめて命を繋ぎ止めてくれないか」

目の前の悪魔にすら頼る。

「妾なら命を救うことは容易い。だがその頼みは断らせてもらう。なぜならそのアマネというのもまた妾なのだよ。妾の何度目かの転生した魂がアマネであり妾だ。もしもアマネを蘇らせれば妾の魂は分かれてしまい、どちらも長くは保たん。そこでだ、逆にこう考えてはどうだ？　アマネは妾の中で――」

「ふざけるな。いくら魂は同じと言えど、お前はアマネなんかじゃ決してない」

「ふむ……。まぁ何にせよ答えは変わらん。貴様の心の持ちようなど知ったことではないしな」

アマネの魂はヨドであり、ヨドの魂はアマネ。

「聞かせろ。お前の身体の中にアマネの魂はあるのか」

もしも、アマネをコロシてヨドに魂が移ったのなら、逆にヨドをコロセば……。

「……ふむ。ある──と言っておこう。やる気か？」

「あぁ、お前を殺して、もう一度アマネの中に戻す。その後、きっちりその身体を燃やし尽くしてやる」

「……クク、面白い。寝起きの肩慣らしに丁度良い。掛かって──」

「それは困る」

ヨドを殺そうとしたらその間に先程アマネを刺した男──シュナイザーが立ち塞がる。

「お前も殺してやりたいが、今は一刻を争う。どけ」

「こちらにもこちらの都合があるのだよ。俺の国に災厄の魔女が必要でな。あぁ、申し遅れた。俺は第百六十二代目魔帝国皇帝──シュナイザー・ハウゼンだ。分かったなら我が国の所有物に手出しするな」

「ほぅ、妾を所有物扱いとな？　中々豪胆なものよ。久々の現世で機嫌が良いから許してやろう。それでジェイド、シュナイザーどちらが我と戦い、殺し、奪うのだ？　なんならまとめて相手してやっても構わんぞ？」

いつ殺されるか分からない相手と共闘する程バカではない。

「エメリア、ミーナ、アマネを頼んだ。レオとエレナも離れていてくれ」

その言葉通り、ミーナはアマネを抱きかかえ、ミーナの腕の中でぐったりとしているアマネをエメリアが治療しながら離れていく。レオとエレナも素直に従ってくれたようだ。

「『竜たりうる者』」

右手に黒杖アヌビスを呼び出し、八音節魔法を唱える。最初から全開だ。

「ジェイド先生、こちらは任せておけ！　私の防御結界は新任教師の貴様とは比べ物にならぬほどすごいのだからなっ!!　貴様は我が学院の生徒に手を出したそいつをやってしまえ!!」

「こちらはご心配なく」

フロイド先生とその侍女らしき人がエメリアたちを守ってくれるようだ。フロイドの結界魔法は言う程はあって、戦いの余波程度であれば防いでくれそうだ。なぜここにいるかは分からないが今は助かる。

「我も加勢しよう――」

「皇帝陛下の邪魔はさせませんよ。アナタのお相手は私がいたします」

ヴァルの前にはパラムが立ち塞がる。

「俺の名前はベルデッタ。あんたに相手をしてもらう男の名前だ」

「そうですか。その手首……落ちたものを拾って繋げるなんて器用ですね」

「あぁ、伊達に泥水啜りながら生きてきてねぇからな。這いつくばって自分の手首咥えるくらいなんでもないさ。行儀の良い坊っちゃんにはできないだろうがな」

「どうでもいいです。娘と弟子がお世話になりましたから、あなたはこの手で殺します」

「やってみろ」

フェイロ先生の前にはベルデッタが。

☆

「で、貴様が我の相手を？　寝言は死んでから言え」

バラムの立ち姿からも先程の愚鈍な突進からもまったくもって脅威を感じない。魔力はそれなりにあるが、到底我の足止めなどできるわけもない。

「これを見てからでも同じことを言えるなら大したものです。究極儀式魔法『堕天翅』」

そう思った瞬間であった。奴の右手から魔法陣が輝き、先程までの魔力とは比べ物にならない大量の魔力が流れ込んでいく。

「あん？　貴様、その魔力どこからっ、チッ」

今は遊んでる場合じゃない。それ故その魔法が完成する前に殴ろうとした。たった一発殴れば奴は死ぬのだから。だが、

「無駄です。唱えた時点でこの魔法は発動されるのですから。人々の祈りを、魔力を蓄積した大聖堂そのものが魔法陣となり天の使いを降ろす。私は既に天界の力によって守られているのです。見よ。まさに奇跡——これぞ大天翅ガブリエル」

半透明な天使が降りてきて、奴と重なると奴の肉体は再編されるかのように解け、再生されていく。

そこには先程までの愚鈍な姿ではなく天使の姿となった奴が現れた。

「受肉完了――。断罪の剣受けてみなさい」

「チッ。何が天翅だ。上等だ。神でもなんでも殺してくれるわ」

☆

「んじゃ、いくぜぇ？」

ベルデッタと名乗った男は洗練された動きとはとても言えないがとにかく速い、むしろそれ故にリズムが取りづらく、軌道やタイミングも読みにくい。

「オラァァッ!!」

強烈な蹴りが来る。攻撃の重さもある。

「どうした、どうした、口だけか？　その大層な剣は飾りか？　それとも俺が武器を使わねぇからって合わせてくれてるとか？　だとしたら面白すぎるけどな、ギャハハハ」

「いえ、レオ――あなたが相手をした者ですが、剣がなく素手で戦ったようなので、どの程度のものか後学のために受けてみただけです」

「ふーん。それでお勉強になったかい？」

「えぇ。レオも強くなったみたいですが、まだまだですね。無手とは言えこの程度の者にやられるとは」

「はんっ。つまんねぇ挑発だな。そんな上品な挑発じゃ死んだ目で生きてきた下界の奴らは瞬き一つしねぇぞっ!!」

先程切り落とされたばかりの手を鉤爪に見立てて、薙いでくる。

「真実を言ったまでですから。あと、剣がお飾りかどうかは今から死を以て確かめて下さい」

神速の一閃で薙ぐ。どうやら目は良いようで、ハラリと髪の毛が数本切れ、頬に僅かな傷が走るだけに留まった。

「ハンッ、上等だ。その女みてぇな顔血まみれのボコボコにしてやるよ」

☆

シュナイザーと名乗った男をまともに視界に収める。皇帝と言う割にはゴテゴテとした装飾品や鎧などは着ておらず、白のカッターシャツを羽織るだけだ。そして鍛え抜かれた身体には重装魔導兵に入っていた紋様と似たものが入っていた。

「ふむ。その身体強化魔法、中々の魔法だ。これ程の魔法を使えるものがウィンダム王国にいるとはな。流石は三傑の一人と言ったところか」

「お喋りしている時間はないんだ。邪魔をするなら——殺す」

「おっと」

全力で踏み込み、重力を増加させ、『硬化』を掛けた杖を振り下ろす。奴はそれを剣で受け流し、距離を取ろうとする。

「逃がすか」

樹属性魔法でツタを生み出し巻き付かせる。剣で切ったり、引きちぎられないよう『しなやか』の属性を付与して。

「ふむ。魔法の発動の素早さ、練度とも見事だ。どうだ？　魔帝国へ――」

「何度も言わせるな。下らんお喋りに付き合うつもりはない」

右手から闇属性で螺旋状に尖った槍を生成し、それを腹部へと突き刺す。『貫通』『アンチ障壁魔法』『重力増加』により、どんなものでも貫ける槍だ。

「ごふっ。……ほぅ、俺の体を貫く魔法か」

「いいから死ね」

俺は最後に奴の周囲を闇魔法で包み、塵と化すまで極限圧縮しようと右手を伸ばす。

「『回路覚醒（サーキット・リアウェイク）』」

だが、奴を包んだ闇が急速に圧縮されようとした瞬間、暗闇の中からそんな言葉が聞こえた。その言葉の後、一瞬で闇は消し飛び、拘束していたツタまでもが千切れ飛んだ。更に奴は自らの手で腹部に突き刺さっていた黒槍をズズと引き抜くと一瞬で腹部を再生させた。

「これでおしまいか？」

何事もなかったように立つ奴の身体の紋様は金色に輝いていた。

「お返しだ」

そして奴は俺に向け右手を伸ばした。見えないソレは、まるでヴァルの尻尾で薙ぎ払うような衝撃で俺を吹き飛ばす。そして体勢を立て直す隙も与えないとばかりに突進してきた奴の手には血濡れた剣が握られており――。

「くっ」

かろうじて結界魔法だけ張った俺を追い越す。その切っ先が向かった先は俺ではなく、

「あわわわわっ、ネネアッ!!」

「邪魔だ」

容易くフロイドの結界を貫いた。飛び掛かったネネアとエレナを先程の衝撃波で吹き飛ばす。エメリアはアマネの治療の手を止められない。

「させるかぁぁあああ!!　レーヴァテインッッ!!」

レオの両手には見たことのない大剣が出現し、奴を迎え撃つが、

「ほぅ。かの剣の持ち主になったか、だが未熟ッ」

凄まじい剣戟をぶつけられ、弾き飛ばされてしまう。しかし、その一瞬生まれた隙に動いた者がいた。

「――っ」

ミーナだ。自らの身体をアマネとの間に滑り込ませる。こんな状況なのにフッと笑って、俺に視線を向けてきた。目が合った直後、ミーナの腹部からは鮮血が噴き出し、逆流したであろうソレは大量

に口から吐き出される。

「フンッ」

そして奴はそんなミーナの身体を剣ごと持ちあげ、投げ捨てる。ドサリと落ちたミーナの目から生気が失われていくのが分かった。

「さて、このアマネという少女の首を撥ね飛ばせば話は終わりだろう？」

「ナニヲシタ……。オマエハナニヲシヨウトシテル……？」

アタマがワレソウだった。目の前がチカチカと明滅し、時間ノ流れがゆっくりニ感ジル。カラダの中はマルデ空っぽにナッテしまッタような。

「死ね」

「オマエガナ」

ジブンのカラダじゃないヨウだ。誰ガこのカラダをウゴカシテイる？　ワカラナイ。手足ノ動カシ方モ、魔法の使イ方も、呼吸のシカタすらワカラナイ。ワカラナイ。ワカラナイ。

「ぐっ、ガハッ!!」

ヤツの首をニギり潰しながら地面へト叩きつけル。ソノママ足首を持チ、壁へト思い切リ、振リヌく。

「チッ、イカれたか。化け物め」

ヤツの剣ガオレの身体ヲ貫く。痛ミなどナイ。そのまま両手で剣身を握リ、溶かしてシマえばイイ。

「一応神器と呼ばれる古代遺物なんだが――」

耳障リだ。喋るナ。口ナンテいらナイだろう？　俺ハ両手をヤツノ上顎と下顎ニ掛け、引き裂く。

「…………」

静かニナッタ。次ハ腕、そしテ足、あァスッキリした。あとハ再生デキないように燃ヤス。黒い炎デ、ソノ魂までも燃ヤシ尽くス。

「次ハお前ダ――」

コイツを殺シテ、アマネだけデモ、アマネだけデモ、あぁぁアアアあっぁああアアア――。

「ふむ。起き抜けに貴様のような化け物を相手するのは興が乗らないが、降りかかる火の粉だ。払わせてもら――」

「黙レ、黙レ、黙レ、黙レ、黙レ、黙レ、黙レ、黙レ、黙レ」

「『氷装絶縛結界（ギュラン・メイル・タナトス）』」

「『反魔法』」

魔法を唱えヨウとするナラ、打ち消シテしまえばイイ。何度デモ唱えレバいい。ソノ度に打ち消ス、打ち消ス、打ち消ス――。

「カカカ、いよいよもって化け物という枠にも収まらないな。妾が災厄の魔女なら貴様は最悪な魔王だ。千年振りぞ、身体の動かし方も忘れている女に対してなんと容赦のない――ぐふっ」

殴ル、蹴ル、投ゲル、貫ク、千切ル、砕ク――。

「カカカ、良かろう。これもまた妾の運命か――」

☆

ジェイドとヨドの声が遠くで聞こえる。注視したいのは山々だが一瞬でも気を抜いたらアマネが戻ってこれなくなる。砂時計のように尽きかけた命がサラサラと流れていくのをなんとか止めようと銀の魔導書を使い命を繋ぎとめる。

「……カハッ」

「アマネッ、息を吹き返したかっ‼ 声が聞こえるかっ‼」

尽きる前に間に合った。どうやらジェイドがヨドを消滅させたのだろう。アマネの顔に生気が戻り、胸の傷が再生され魔力が戻ってきている。

「……ん、聞こえ、てる。セン、セイは……？」

アマネの言葉を受け、初めてジェイドを見る。その姿はまったくもって無茶苦茶だ。魔力回路が焼き切れる程、魔力を回してるのだろう。身体中に血管のように魔力回路が浮き上がり、その中を黒い魔力が暴れまわっている。眼球まで黒く染まる様はちらりと聞こえたヨドの言葉ではないが魔王と例えるのがしっくりくる。

「……ひどい。私のせい、だ」

「誰のせいでもない。だがミーナは……」

惨状を見てアマネが零す。その目線はミーナのところで止まった。即死だった。あるいはアマネの治療をやめていれば、いや結果論だ。そうやって零してきた命は山ほどある。だから親しい者など——。

「……私が、なんとか、する」

「は？　アマネ、何を言って——」

そう言ってよろよろと立ち上がったアマネの両目は金色に染まっており、全身に呪詛が発現していた。まさか、ヨドを、

「ふぅ。この肉体でアマネと共生していく道しかなかったからの。おっと、魔王がこちらを向いたぞ」

「そコから出テぃケ」

ヨドが発現した瞬間、凄まじい速度でジェイドが迫ってくる。そしてその手をアマネに掛けようとするが、

「この身体はアマネのものぞ。壊せばアマネも死ぬ。分かったなら下がれ化け物が。言ったであろう共生だと。貴様の相手は懲り懲りだ。半身の願いだ、その女は生き返らせてやる」

その言葉を聞き、ピタリと止まる。どうやら理性の欠片は残っているようだ。そしてアマネの身体に入ったヨドは、

「生き返らすより、この者の時間を巻き戻した方が早いか。『————』」

古代魔言で魔法を唱える。断片的に理解できた言葉を繋げれば『限定的空間時間遡行』と言ったところだろう。その魔法陣から生まれた半円状の空間だけが時間の流れを巻き戻すとでも言うのだろう

か。だとすれば魔女なんてレベルじゃない、神の所業だ。

「……あれ、私。アマネちゃんっ、ジェイド。みんな――」

本当に限定的空間だけの時間を巻き戻した。吐き気を催す程の魔法だが、今はそれに構ってる場合ではない。生き返ったミーナは記憶も巻き戻っているのだろう。混乱した様子で辺りを見渡している。だが、説明している余裕もない。

「……流石に今の魔法は妾も疲れた。しばし寝る。もう身体の代えはないのだ。丁重に――扱え――」

ヨドはヨドでそう言うと気絶し、倒れた。浮かび上がっていた呪詛も一切が消える。だが、これが現状では最も良い状況だ。ここで退く。

「カルナヴァレル、フェイロッ、撤退するぞっ!!」

「チッ――中々楽しめたんだがな。悪いがそうも言ってられんようだからな帰らせてもらう」

「我々の長である皇帝陛下が討たれたのですよ？　逃がすとでも？　この身朽ちるまで――」

人化状態とはいえ、あの無類の強さを誇るドラゴンと対等に渡り合った大天使。

「ふぅ。殺しきれませんでしたか。次お会いすることがあれば殺します」

「おいおい、そんなこと言わず今、ここで殺し合おうぜ？」

フェイロの剣を動物的な勘と動きで避け続け、不規則な攻撃で剣聖の再来と言わしめたフェイロに手傷まで負わせたベルデッタ。魔帝国を牛耳る長たちはやはり一筋縄ではいかない。そんな奴らとここで戦い続けるわけにはいかないのだ。なぜならジェイドは既に――。

「ジェイド、もうやめろ。これ以上そんな無茶なことを続けていたら魔法が使えなくなるどころか、身体が崩壊するぞ」

魔力回路が破裂し、体中から血液とともに魔力が流れでてしまっている。今すぐ連れ帰り、治療をしなければ手遅れになる。

「で、どうやって逃げるんだ？」

カルナヴァレルとフェイロが集まる。我々とパラム、ベルデッタの間に立つのはジェイドだ。あの身体でまだ私たちを守り、かつ敵を殺そうとしている。

「ジェイドを気絶させて、天井をぶち壊し、カルナヴァレルに乗って空から逃げる」

「……ほぅ。我に竜形態になり、その背に貴様ら全員乗せろ、と？」

「そうだ」

「ふぅ。高い貸しにしておくぞ」

どれだけ高い貸しでもこの状況を考えれば安いものだ。私は頷く。

「で、ジェイド先生を誰がどうやって気絶させるんですか？　正直、今のジェイド先生に攻撃すれば――」

「…………」

それだ。ジェイドが力を使い切り、気絶してくれるのが一番だが、あれは魔力、生命力全てを燃やしている状態と見える。つまり力を使い切った時は死ぬ時だ。

「おい、ミーナッ、いくらお前でも今のジェイドは――」

パラム、ベルデッタと睨み合うジェイドの背後にミーナは何も言わずゆっくりと歩み寄り、そっと抱きしめた。その瞬間、ジェイドを覆っていた黒い魔力が消え、身体から力が抜けるのが分かる。

「ごめんね。ジェイド、もういいんだよ」

「カルナヴァレルッ、フェイロッ!!」

「あいよ」

「畏まりました」

その瞬間、カルナヴァレルは竜の姿になり、上に向け容赦のないブレスを放つ。空が見えた。フェイロはジェイドをミーナごと抱え、飛び退く。

「「逃がすかっ」」

「『炎竜のいななき』」

天井が崩壊する中、我々を逃がすまいと駆けよってきた二人を退けたのはレオだ。大剣を横一線に振るい、その剣先から火竜のブレスさながら、膨大な量の炎を吐き出す。奴らは一瞬怯んだ。一秒ごとに状況の変わる今、この一瞬は値千金だ。

「全員背中に乗れっ!!」

瓦礫に潰されないよう防御結界を張りながら全員をカルナヴァレルの背に乗せる。

「よし、乗ったな。上がれっ!!」

『……了解だ』

カルナヴァレルはその巨大な翼を大きくはためかせ、一気に上空へと翔び上がる。

『行先は？』

「王立魔法研究所だ。すぐにジェイドの治療に入らなければ、こいつが死ぬ」

『あいよ』

そして魔帝国から命からがら逃げだした我々は王都研究所へと向かい、

「所長!?　一体――これは」

「緊急手術だ。医療チームを呼べ」

「え、は、はいっ」

「ジェイド、死ぬなよ。全員生きて帰ると言ったのはお前だぞ」

ジェイドを救うための戦いに挑む――。

☆

「あぁ、ミーナ先生、こんにちは。今日もお見舞い？　本当に甲斐甲斐しいわね。早く起きてくれるといいんだけど……」

「えぇ、まぁ……。フフ、本当ですよね」

コンコン。ここ暫く毎日訪ねている部屋。ノックをしても返事のない部屋に入る。白で統一された清潔感のある部屋。その中央で寝ている人の傍へ私は腰掛ける。

「ねぇジェイド、まだ起きないの？　随分な寝坊だよ？　あれから一か月も経っちゃったね。……聞こえてるか分からないけど、今日も学院の話をするね？　なんとね、ついにヒューリッツ君が魔法を使えるようになったんだよ。レオ君もキース君もケルヴィン君もジェイドが帰ってきた時、みんなで進級するんだ、って言ってさ。……ヒューリッツ君の訓練を一緒に手伝って、さ……」

　ジェイドの顔が濡れてしまったので、ハンカチでそっと拭う。

　王立魔法研究所での手術は成功し、一命を取り留めたジェイドは容体が安定したため、エルムへと帰ってきた。意識はいつ戻ってもおかしくないし、戻らなくてもおかしくないって言われたから、みんなで毎日声を掛けて起こそう、って。

「フフ、それにアマネちゃんなんか聞いてよ。ヨドと入れ替わるのをコントロールできるようになって、学院一の魔法師どころか世界一の魔法師になっちゃったかもだよ？　ジェイドよりすごいかもね。ミコちゃんとキューちゃんもそれに負けじと頑張ってる」

　話しかけてもなんの反応もない。ジェイドの顔は穏やかで、いつもみたいに『あぁ、ミーナいたのか。おはよう』なんて言ってきそうで。

「もう、ダメだな。大人になってもこんな泣いてばかりじゃ恥ずかしいよね。でね、今はみんなでサーシャちゃんを口説いてるんだよ。未だに魔法の訓練はしてくれないけど、この前は魔法の訓練場まで来てくれて、壁にもたれながら授業を見ててくれたの。あとはジェイドが一緒になって誘ってくれれば、いやジェイドのことはなんか毛嫌いしてるからダメかな、アハハ」

　乾いた笑いと一緒にまた涙が出る。

「ねぇ、ジェイド。まだ答え聞いてないよ？　魔帝国から帰ってきたら答えてくれるって言ったじゃん。どんな答えでも私泣かないから答えてよ……」

　ガラララ。

「ミーナいたか。見つかったかもしれん」

「え、エメリアさん？　見つかったかもしれないって」

「あぁ、その寝ぼすけを起こす方法がだよ」

「それって一体――」

「あぁ、道中長くなりそうだから、その時に話そう。というわけで準備しろ。行くぞ」

「え、行くって、その、どこへ？」

「――冥界だ」

《了》

☆あとがき

皆様ご無沙汰しております。著者の世界るいです。まずは、皆様の応援のおかげで三巻を刊行できたこと、御礼申し上げます。本当にありがとうございます。また、それだけでなくこうして三巻まで手に取って頂けていること、本当に感謝しております。

さて、あとがきを先に読む方には若干のネタバレで申し訳ないと思うのですが、三巻は如何だったでしょうか？　裏話的なことを言うのであれば、冒頭から既にＷＥＢ版とは展開がまったく異なるため、ＷＥＢ版の原稿は一切使ってないどころか、参考にすらしていません……。というわけでＷＥＢ版を最新話まで読んで下さっていた読者様は驚かれているのではないでしょうか（苦笑）

シャーリーどこ？　ネアとかイーラ中将とかそれっぽいヤツいたじゃん？　と。あれです、パラレルです。パラレルワールドです（笑）　いや、シャーリーとかＷＥＢ版ではかなりのキーキャラなのに書籍版だと影も形もないあたり、小説ってのは生き物なんですね（やかましい）。

そんなこんなで書籍版は無事（？）オリジナルルートを突き進んでいるわけですが、この三巻では少しずつ生徒の成長が見られましたね。特にレオ。劣等感の塊で意地っ張りで反抗期バリバリの彼のことを嫌いな読者様もいたかも知れません。いえ、たくさんいたことでしょう。ですが、少しばかり成長した彼はどうですか？　若さって素晴らしいですよね（笑）

そしてこの三巻でも魅力的なサブキャラクターが続々と登場しました。重装魔導兵のガークラン、武器屋のおっちゃんギャレット、炎龍夫妻（笑）、それにハーちゃん。最後の砦ネネアさんも忘れてはいけません。どんどん賑やかになる宮廷魔法師クビシリーズの世界。なんだか巻を追うごとにスケールが大きくなっていき、次巻では異次元の世界へ突入していく……予定です（苦笑）もちろん、エルムでの学院生活を疎かにするつもりはないですよー？（遠い目）

さて、このように本編がゴリゴリと進んでいく中、遂に北沢きょう先生によるコミカライズも連載が始まりました。書籍版を元に描かれていますが、表情や動き、テンポなど小説とはまた一味違ったコミカルさで著者も一読者としてとても楽しみに読ませてもらっています。是非皆様にもご一読頂ければと思います。

さて、そんな調子でこれからも成長し続ける宮廷魔法師クビシリーズの世界。是非四巻で皆様とお会いするためにもほんの少しだけ宣伝などご助力頂けますと幸いです。というわけで、また皆様とお会いできるのを楽しみにしております！　本書籍をご購入して下さった全ての読者様に感謝を込めて。

令和二年九月某日　世界るい

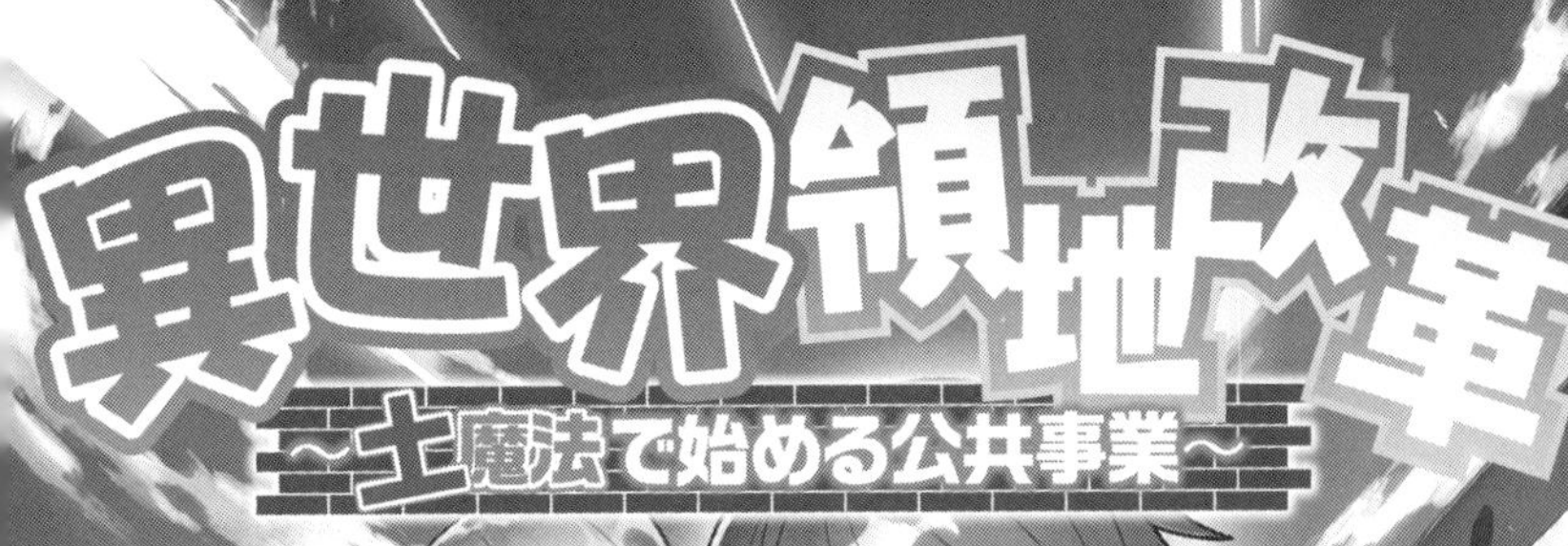
異世界領地改革
～土魔法で始める公共事業～

魔物の国と裁縫使い 01

～凍える国の裁縫師、伝説の狼に懐かれる～

今際之キワミ

Illustration. 狐ノ沢

トラブルを裁縫術でパパっと解決!!

裁縫で人間も魔物も幸せに

もふもふ繊維ファンタジー開幕！

魔王令嬢の
1
新人
jin Arata
ill.巻羊
教育係
勇者学院を追放された
平民教師は魔王の娘たちの
家庭教師となる
問題だらけの
ひとつ屋根の下で
魔王令嬢たちと密着指導!
再就職先は5人の魔王令嬢の
家庭教師だった!
第8回ネット小説大賞期間中受賞!
全国書店で好評発売中!
©Jin Arata

宮廷魔法師クビになったんで、田舎に帰って魔法科の先生になります3

発 行
2020年11月13日 初版第一刷発行

著 者
世界るい

発行人
長谷川 洋

発行・発売
株式会社一二三書房
〒101-0003 東京都千代田区一ツ橋2-4-3 光文恒産ビル
03-3265-1881

デザイン
erika

印 刷
中央精版印刷株式会社

作品の感想、ファンレターをお待ちしております。

〒101-0003 東京都千代田区一ツ橋2-4-3 光文恒産ビル
株式会社一二三書房
世界るい 先生／だぶ竜 先生

Printed in japan, ISBN 978-4-89199-679-6

※本書は小説投稿サイト「小説家になろう」（http://syosetu.com/）に
掲載された作品を加筆修正し書籍化したものです。